i

为了人与书的相遇

聋哑时代

双雪涛 著

广西师范大学出版社
·桂林·

献给 K

目 录

序　曲

一

　　小学毕业的时候，是 1997 年的夏天，和之后每一次毕业一样，炎热而干燥。

　　那时我们家住在城市的郊区，听说隔着老仇家的后墙再往外迈一步就是所谓的农村。我的父母是普通的拖拉机厂工人，每天为如何能更省力地装卸螺丝而烦恼。他们俩骑车去城里上班的时候，如果我不上学就会把我锁在家里，因为在这片城市最大的棚户区里，集聚了各种各样被城市遗弃的人，有的人是不折不扣的酒鬼，每天枕着酒瓶子睡在路上，这样的人每到冬天都要死一些，东北冬季的寒冷会毫不客气地要他们的命，为他们自己省了力气；有的人是手法拙劣理直气壮的骗子，我爸的一个棋友就是专门靠着行骗为生，他的惯常伎俩是把已经被他扭断一条腿的癞皮狗放在陌生人停靠在路边的三轮车底下，然后把对方从驾驶室里揪出来，让他看看他的车是多么残忍地伤害了一只可怜的狗儿，而他恰巧是这狗的主人。我爸说，这人棋品倒是不赖，从不悔棋，也不会因为输棋把棋盘掀了，大部分时候是沉浸在上一步棋的悔恨当中。于是在我的记忆里，他是一个多愁善感的骗子。还有各种各样有着犯罪前科的人是我们的邻居，有的人不但有前科，而且正在续写着自己犯罪的历史。98年的时候，一群警察在一间狭小的厨房里按倒了一个中年男子，据说有几个警察被同伙按得死死的，以至于差点让中年男子趁乱逃掉。他毕竟没有逃掉，也许是因为他太老了。我认识他，虽然他和我家没什么往来，但是我爸妈说他是这条街上最老实的人之一，别人如果因为一个西瓜或者一个牌局而动起手来，他通常是劝架的那个。因为年纪大，又是单身，听说媳妇和一个修自行车的跑掉了，大部分时候大伙都会听他的话，把手中的刀或者锤子放下，用文明人的方式把问题解决。警察走后，他就上了新闻，原来他是这个城市里最著名的杀人犯之一，十年间陆陆续续杀死了男女老少约有十八个或者十九个，抢来的钱都藏在房梁上，警察们用他家的拖把一包一包捅下来。

我妈说：还好我们是他的邻居，兔子不吃窝边草啊。

我爸妈都是下乡的知青，从城市走的时候除了一个铺盖卷，没带走一点有用的知识，我爸说他一辈子和"知识"两个字搭边只有那时候的知识青年的封号，而我妈经常讲的是，他们在农村的时候吃饭和上厕所都用的是一个盆。还好我爸从小打架斗殴有一手，因为祖上是满族，所以留下点摔跤的底子，传给后人，他成了他们青年点的点长。我外公是某个粮食局的工会主席，这芝麻大的官让我妈顺利进入这个城市里效益最好的国企——拖拉机厂并且和我爸相逢。这样按部就班的一对幸福的工人阶级不会想到，到了我小学毕业的那个夏天，他们赖以生存的工厂已经岌岌可危。我在饭桌上听见他俩经常哀叹厂长们已经纷纷开始把国家的机器搬到自己家里，另起炉灶，生产和原来一样的拖拉机，而工厂里的工人们则一批批地被通知可以休一个没有尽头的长假，这是在"下岗"出现之前出现的一个巧妙的词汇，叫作停薪留职。他们俩因为工作一直卖力，又是这个工厂的元老，所以得以薪水减半，继续留下，但是面对那些熟悉的机器和熟悉的面孔一点点消失，他俩也感觉到这一半的薪水迟早不保，可除了拧螺丝之外他俩觉得自己再没有值得谋生的技能。后来想来，那是一种被时代戏弄的苦闷，我从没问过他们，也许他们已经忘记了如何苦闷，从小到大被时代戏弄成性，到了那时候他们可能已经认命，幻想着无论如何，国家也能给口饭吃吧。

那个外面一切都在激变的夏天，对于我来说却是一首悠长的朦胧诗，缓慢，无知，似乎有着某种无法言说的期盼，之后的任何一个夏天都无法与那个夏天相比，就像是没有一篇报纸上的社论能与一首诗相比一样。虽然我爸妈因为那一半的薪水加班而把我锁在屋里，可他们不会知道，现在也不知道，我会捅开后窗户，爬过一排低矮的小房子，跳在邻居的院里，再爬过一扇高我两头的木门，落在街上。那时候我没有朋友，有几个玩伴，一个因为差点被他爸打死而差点打死他爸，被送走了，去了哪呢？我不知道那个地方的名字，听说那儿都是他那样的人，就算你不是，出来的时候也是了。我一度很想念他，他十一二岁的时候就已经是那个胡同里最好的木匠，能做极圆的车轮，做好了就装在一块木板两边，让我坐在上面，他推着飞跑，跑累了就松手让我和木板继续滑翔，然后站在原地等着看我们人仰马翻，可每次他都能说服我坐上去，那时候我是多么的轻信啊。他喜欢玩猫，他有次在我面前把猫头冲下浸在水缸里，猫嘶叫着打飞了水缸里的树叶。几次之后他说，看来是淹不死了，我爸一喝酒就爱这么弄我。还有几个，我已经记不起他们的名字，只记得夜里我们玩藏猫猫，没有路灯，我干脆躺在地上，他们有的踩在我的脸上却还是没有发现我，以为踩到了屎或者什么的，继续向另一个黑暗处找去。小学毕业之后，他们消失不见了，至少对于我来说是这样，后来才知道，运动是相对的，其实是我走掉了，他们还在那里，可我却以为他们向某处走去了。

那时候小学的班上有个女孩儿长了一双丹凤眼。

其实我不知道什么叫丹凤眼，但是第一眼看她，就知道那一对东西一定是丹凤眼了，眼角绵延不绝，隐入太阳穴附近，好像两片随时可能被吹散的云彩。她其实并不漂亮，走起路来还有些八字脚，可我还是一下子喜欢上她，因为我觉得她看我的时候眼睛里好像有所指摘，我也怀着同样的情愫努力看回去，所谓努力是让自己的眼角也绵延起来，瞳孔也努力地微微抖动。这样来回看了一年之后，班主任金老师找到我妈，说，给你儿子配个眼镜吧，要不就恶化了。多亏了那时候我家穷得可以，一锅汤能喝上一个星期，我妈也就怀着愧疚的心情向我隐瞒了老师的好意，多年之后才告诉我，我现在的高度近视是她当时力不从心所致，我当时对那时候的苦日子怀恨在心，一言不发地接受了她的内疚。适当的内疚是一切善意的基础，我曾经这样理解。

那个女孩儿的名字我竟然记不全了，第一字是陈，陈旧的陈，我敢肯定，第三个字是梦，噩梦的梦，我也很吃得准，中间那个字有好几种选择召唤着我，我相信最接近的应该是书，教科书的书，好吧，就叫她陈书梦吧。长着丹凤眼的陈书梦是我们班的好学生，从来不因为学习的事发愁，每天收到的纸条都上缴给老师，纸条积攒到一定规模，为奖励她的间谍行为，金老师就给了她一个三道杠挂在胳膊上，她一下子一言九鼎，拥有了每天下午站在讲台上看着我们上自习的权力，金老师就欣慰地回到办公室看报纸。也许是大家都崇拜她胳膊上的三道杠吧，从那之后，丹凤陈收到了很多的纸条，这让金老师大为惊恐，如果大肆惩戒，班里一定鸡飞狗跳，那几个脾气不好发育又早的小子说不定放学之后找她的麻烦。我们学校有着许多折辱师尊的历史，有一个自命清高但又极其势利的女老师就曾经在回家的路上被装进麻袋，扔进垃圾箱，据说她从此变得很公平。我们的班主任当然知道这些小坏蛋的厉害，想来想去，只好把这些写满错别字和朦胧爱意的纸条归罪于丹凤陈的不检点，肯定是她在台上搔首踟蹰，才惹得班里这么多本来安分守己的小男孩情窦初开。于是丹凤陈一下又被贬为布衣，金老师把三道杠授予了一个五官杂乱无章的女生。我记得那个姑娘的眼睛和鼻子互不相让，一味向脸庞的中路挤去，导致脸的中部浓墨重彩，而其余部分剩下大块的留白。于是下午的自习恢复了以往的秩序，每个男生都低头俯视自己的桌面，或者趴在上面睡一个好觉，没有人愿意抬起头来。

　　丹凤陈从此变得沉默寡言，她把她想要考取的初中偷偷地刻在自己的书桌上，每次考试她都要抱着自己的书桌去考场，好像不如此就丧失了斗志。108 中，我记得她刻得十分清楚，我们这个城市里最好的初中，集中了这个城市里几乎所有的好学生和好老师，也就是说云集了这个城市十三岁到十六岁的所有天才和一群专门让天才儿童变成天才少年的老师。据说只要考上 108 中，就算高中辍学了，重点大学也是考得上的。那是多么令人神往的地方，简直像一所教堂一样闪耀着出世的光芒，所有有着鸿鹄之志的十三岁孩子都把这所学校当作自己起飞的跑道，因为会有一些像圣保罗一样的领路人在这三年里为你插上翅膀。而我这样的燕雀，从来没有想过和 108 中发生关系，那时候我关心的是，回家的路上要小心，不要被高年级的学生劫了钱和丹凤陈到底有没有喜欢的人呢？当然，还有就是回家生炉子的时候，是先放蜂窝煤还是先放油毡纸，才能够让自己不要每天都被呛得眼泪横流。

到了六年级下学期的时候，丹凤陈的苦功渐渐显示出效果。她的成绩开始遥遥领先，数学根本是不会丢分的，语文也就丢个一两分在作文上，这种遥遥领先在若干次大大小小的考试之后趋于稳定。丹凤陈的话却是越来越少，除了课上机械地回答问题，几乎要把自己变成一个哑巴。而且她的学习方式有时候令人恐惧，几乎是一刻不停地写来算去，这让她在考试的时候经常是早早就进入检查的环节。而那些稍逊的好学生常常会检查一遍之后，就提前交了卷纸，然后跑到操场上跳皮筋或者争抢起水泥的乒乓球台。可丹凤陈却从来都是检查到最后一秒，她的那双丹凤眼好像要把卷纸看穿了一样，不但要看到题目，还要看到出题人背后的心机，我有几次竟发现她好像是在冷笑着的。我对丹凤眼的一见钟情从她成为第一名开始，悄然变成一种崇拜。那也许是我有生以来第一个崇拜的人，高高在上，冷峻无情，可又有声有息，就在你身边走来走去，她呼出的二氧化碳离我不过一米远，有种卓然不群的香气，这使我在每一个放学的傍晚都开始不可救药地思念她。虽然我很快就发现那只不过是一种比较难买的洗衣粉，但是那时候我宁愿相信这是一种巧合。为了表示我的爱是真格的，我也把"108中"几个字刻在了书桌上，并且郑重向我爸妈宣布我准备向108中发起冲刺，我爸妈喜忧参半地看着我，上进总是好的，他俩一直以为我小学毕业之后上个技校是令人信服的去处，然后进到我爸的工厂，从仓库保管员开始，从清点每一个螺丝和轴承开始，一点点成为一个合格的拖拉机厂工人，抱着铁饭碗，铁饭碗里盛着粗茶淡饭，但是从不会空。可那时候的铁饭碗已经要被熔了给别人重铸，他俩也觉得应该是时候帮我修改我的未来了。俩人咳嗽了一会。我爸先不咳嗽了，说：考上了要交多少钱？我摇头问：还要交钱吗？我都考上了。我妈说：九千吧。我爸说：你上次考了你们班多少名？我大声说：三十六。我妈对我爸说：他们小学从来没有考上 108 的，我记得好像。我爸赞许地点点头，说：你要是考上了，砸锅卖铁也供你，今天就说到这儿，开饭。

我一下子觉得自己追随丹凤陈的愿望实现了三分之二：三分之一，丹凤陈是一定会考上的，老师说她现在已经没有一个盲点，所以她现在已经基本上是一个 108 中的学生；三分之二，我爸妈已经许下诺言，只要我考上，锅什么都可以不要，砸了卖铁，这让我心里很踏实；剩下没有实现的三分之三就是我自己考得上。我觉得我的人生第一次变得纯粹起来，生活被抽象成几万万分之一，我只要把这一分之一搞定，剩下的几万万分则尽皆归顺，虽然这种纯粹在以后变成了我的灾难，但是第一次的纯粹却让我史无前例地安静下来，开始注视手头每天侍弄的活计。学习逐渐变成一件简单的事儿，数学只要准备好草纸，该乘除的别用加减，应用题把字儿读明白了再算数，然后注意以一个工整的"答"字开始和一个圆润的"句号"结束，就可以拿满分。语文只要背书就可以了，课文是一定要倒背如流的，然后每一段的主题和每一句话的含义也要背到一字不差。那时候我真的相信作者的每一笔都有所寄托的，而暗地里升起对于看透这些寄托的人的崇敬，这么隐晦的联想都能被你猜到，真有你的。不过没关系，尽管有些话当时不明所以，只要记住就好了。而且我开始对做作文有点爱好，因为我发现做作文和撒谎是一枚硬币的两面，撒谎是那个简约的数字1，而作文则是繁复的菊花，但是花出去的时候都是一块钱。缘着对于堂而皇之地说谎的热爱，我开始每天为老师写日记。现在翻看我妈妈珍藏的发黄的日记本，真是难以想象当时怎么有毅力写下这么多本连篇累牍的谎言，下面还有金老师惊愕的夸奖，夸我的正叙、倒叙、插叙、议论、抒情和最后的画龙点睛都进步神速，和五年级的时候判若两人。尤其是抒情，简直让她觉得惭愧，这么大的一个孩子怎么这么会抒情，她一个堂堂的教师都抒不出这么多。其实写故事无论如何需要一点生活的细节，就算是彻头彻尾的谎言也得有点真材实料的骨头，但是情要是抒起来可管不了那么多，那玩意只跟想象力有关。所以我那时候真是文理兼备，一日千里，虽然有时候回家的路上还是会被莫名其妙地揍一顿。有一次一个四年级的大个子向我索要我手腕上的电子表，那是我爸为我考试买的，我断不能让其被他人掳去，就委婉地拒绝了，结果那孩子一拳把我打倒在地，对着我的手表猛踩，我拼命用没有表的手遮掩，直踩得我手指吱吱作响，那孩子看我如此执拗，照着我的面门狠踩了一脚之后，骂着向着另一个更加瘦小的孩子走过去。我到家的时候，爸妈还和以前一样，没有下班，油毡纸我昨天已经准备好了。炉子噼里啪啦地生起来，炉坑里的浓烟不出所料地扑面而来，我趁机大哭了一场，泪水冲坏了脸上完整的鞋印，因为我忽然想起来，我已经六年级了。

离升初中的考试还有大约一个月的时候，金老师把我和丹凤陈调到一桌，坐在第一排的中间，因为我俩是班里成绩最好的两个人。我努力控制住自己，不让自己多看她一眼，我爸常说，小不忍则乱大谋。那时候我势如破竹，只是不够稳定，像定时炸弹，可能炸了敌人，也可能炸了自己。不稳定的原因主要是我的字太潦草，那是低年级时候养成的坏习惯，反正也没人在乎我写的什么，包括我自己，没想到到了我在乎的时候，我的手又不听使唤，一笔一画写清楚并非不能，只是时间又不够，卷纸的尾巴见不着。如果阅卷老师碰巧能辨认我的字迹，我便是数一数二的分数，如果她情绪不佳，遇见了棘手的烦心事，对于生活和眼前的卷纸都失去了耐心，那我就只能默默地自我爆炸了。

没想到的是，我并没有爆炸，丹凤陈开始出了问题，她总是莫名其妙地涂改自己的卷纸，把已经正确无误的答案改得面目全非，甚至驴唇不对马嘴。有时候我瞄到她的表情，像被什么带刺的东西驱策的野兽一样凶狠和漫无目的。金老师几次三番找她谈话，告诉她放下包袱，还是小孩子，不要想太多，只不过是一个升初中的考试，就算失手，之后有的是机会。丹凤陈又祭出她的哑巴功，一言不发，哭也不哭，只是面带笑意，似是嘲讽。这让班主任很没面子。有次当着全班的面把她叫起来，大骂她越是关键时刻越不争气，到底是个女孩子，一见压力就没有用了，女孩子学习再好也是靠不住的，到了紧要关头一定要掉链子。她站在我身边，手指紧紧攥着，指甲把手里的铅笔剜掉一块块绿皮，脸还是温存地笑着，真是让人气不打一处来。金老师伸手扯住她的红领巾，像牵狗一样把她从座位里拽出来，开始重复刚才的话，只不过这次每说完一句，就扯一下她的红领巾，好像她叩头认罪一样。丹凤陈猛地把手中的铅笔向金老师眼睛戳去，可能是因为过于用力，没有戳准，把金老师的腮帮子戳开了一个窟窿，我赶忙拦腰将她抱住。她大喊：我恨你，我恨你。金老师拖着腮上的铅笔落荒而逃，不多时，就有几个校工来把丹凤陈带走了。丹凤陈和我说的最后一句话我记得非常清楚。她回头，用丹凤眼瞄着我说：我的铅笔。之后班上乱作一团，之后又如何如何，我忘了，只记得那天回家之后。我妈说：默，你身上什么味？我说：别人家的洗衣粉。

后来丹凤陈再没出现。她的妈妈第二天来取走了她的书包和文具，我留意她的眼睛，不是丹凤眼，很普通的一双，眼皮有些松懈，和我妈的眼睛竟然有些相像，也和我妈一样，穿着洗得发白的蓝色工作服。几乎是悄无声息地来了又走，身上没有她的味道，是一股陈旧的机油味。

我想也许丹凤陈和我那个木匠朋友一样，也被送到了一个我无法了解的地方，不知道他们去的地方是不是一个地方。如果是一个的话，不知道他们俩后来认识了吗，木匠会不会告诉丹凤陈，有个笨蛋常坐在他的板车上摔倒，还会为一只素未谋面的猫求情；丹凤陈会不会告诉他，有个傻瓜为了她，也把"108 中"这三个数字一个汉字刻在了书桌上。他俩要是能聊聊我多好啊。那能不能是我的名字第一次在别人的嘴里口口相传。

好像是两天之后，金老师出现了，右脸挡上了一块方正的纱布，好像没有看见我的左边少了一个人，就像什么也没发生一样，只是不敢笑，看起来异常严肃，严肃得有点滑稽。不过几天，我就发现她对我的关心双倍于以前，眼睛里的慈爱在纱布的映衬下有几分悲凉，这是丹凤陈留给我的遗产，只要我不要突然站起来在她的另一边脸上戳一个洞出来，这份遗产便会跟着我到学校毕业的那天。不是因为我没有那么尖锐的铅笔，也不是因为我害怕与丹凤陈在另一个地方重逢，而是我确实没有什么理由像她那么鲁莽和低智，我正学着享受这种关怀，金老师唯一的希望，得到前所未有的重视。也许是我的问题，我太小了点，还没有学会怎么去长情，当然在之后的若干年的某一段灵光一现的时刻，我一度掌握了长情的要领，或者说是不由自主地陷入了一种恶狠狠的爱恋，并希望它长久。可大多数时候，越是浓郁的情愫越是不可靠的心血来潮，那种自以为不可或缺的人物，只要一个不和谐的夜晚就可以让我对其失去兴趣。丹凤陈是我第一个迅速遗忘的女孩儿，不只是现在忘记了她名字中间的那个字，不只是现在连她到底是个什么样的人也忘记了，只记得自己对她的一点心意，而是在那个时候，我虽然能够记得她名字中间的那个字，能够记得她在那几年是个什么样的人，可自己对她的那一点心意，迅速地不见了。

考试那天，我自己骑着自行车到了108中。我已经享受了一个月的特殊关怀，无论考得好坏，这点关怀都不会变多也不会变少。印象里，我是为数不多的几个没有父母陪同的孩子，工厂减员增效的风潮终于波及到了他们，工厂来朝他们要剩下那一半的薪水了。他们已经连续好多天懒得跟我说话，晚饭间的话题主要是听说那个谁昨天去给那个谁送了两瓶酒，我们要不要去，去的话是送酒还是买烟抑或是水果，酒人家至少已经有了两瓶，再送是不是显得不足轻重，烟什么的，不上讲，又不便宜，水果是不是又太寒酸了些，而且吃几天就变成垃圾桶里的核和皮，可能人家吃完就想不起我们曾经送过什么了。我发现原来这个貌似重要的考试只和我自己有关，而那时候我还有一点虚荣心，如果没人注意我，这点虚荣心就无所附焉。那天我走进108中，发现的是一大片叫作操场的平原，大到显得教学楼有点渺小，操场的一侧有一排整齐的单杠双杠，我们的小学只有一个单杠，因为它的唯一性，周围留下了许多血泪。我马上把书包挂在其中一对双杠上，这是我们小学争抢单杠的标准动作，宣布这对双杠是属于我的，然后和这一对因为阳光直射而略带温暖的铁杠子一直纠缠到考试之前。

我最终的成绩超过了 108 中的分数线二十几分。我爸妈多次找到学校想以我成绩优异为由，减免一部分择校费，他俩的心理价位是学校应该给我这个成绩优秀的学生奖励，而不是我们排着队给他们送钱。双方最后以九千元一分不能少成交。据我妈绘声绘色的回忆（我爸的回忆是：这帮王八犊子），校方说，你们俩还有一个小时，离分数线差五分的学生有一百五十六个人提出了交纳三万或三万以上择校费的申请，当然我们也觉得你家孩子成绩不赖，也许将来能给我们长脸，但是我们要脸的原因也是为了以后能收这些差几分的学生的择校费。希望咱们能互相体谅，做家长的，别把自己家的孩子耽误了，你们也知道你家片区那些初中是什么样，去了就等于放弃自己子女的将来，也等于放弃你俩的晚年，我们 108 中特别不想这么一个看起来还不错的苗子被自己的亲爹亲妈毁了，也不想你们的晚年因为子女不肖特别悲凉。嗯，现在还有五十五分钟了。

我妈骑着自行车借遍了所有还知道住址的亲戚，凑足了九千块，装在拖拉机厂发工资的信封里，送到学校的财务处。她说直到那天才知道原来这个城市里有这么多富人，每个人都提着一塑料袋的钱，等着那些因为凑不足九千块钱的家长漏下的名额。

她自豪地说：人家真的没吹牛。

就在他们俩为我的学费奔忙的时候，我正在开始享受第一个镶着一种叫作成就感的金边的夏天，它虽然和以后的每一个毕业的夏天一样炎热，却尚存一些叫作童年的年华，我尚能以躺在火车道旁伴随着轰鸣声晒太阳为乐，尚能无须任何人的陪伴，跑到野外的小湖边逮鸟，然后放飞。对那些失去的朋友的想念会偶尔来袭，可那些注定要忘记的名字根本无法撼动我对自己的崇拜，我发现也许我是这个平庸的家庭里唯一卓越的人，当然我的卓越需要他们用九千元来追认，但我清楚我将成为这个三口之家的唯一希望，只要我让这种希望延存，我将拥有他们所能提供的一切，那时的我，还没法体会"一切"这个词是多么危险。

二

十三岁之前的教育让我对老师心存敬畏，畏多一点，敬少一点。

我们小学的班主任带我们六年，我们第一次走进教室，她也一样，她是一个新毕业的师范学生，我妈说，她送我进教室的时候，看见老师，以为是哪个学生的姐姐，梳着马尾辫，一双笑眼，让你宾至如归。可随后六年里，我眼看着她一点点地热爱上了抽我们嘴巴，心情不好的时候电炮也是有的，心情大坏的时候我们的头发就可能要遭殃，如果你赶上她那天一切都不顺意，你又是最后那一根稻草，那你可能会有幸体会一下标准的陈真式侧踹。多年以后，我在电视上看到《精武英雄》，李连杰那个雷霆万钧的动作让我一下子喊出了她的名字，并且感叹当年我们是多么结实啊。王亮，坐在我前排，每天擦特别浓的香水，呛得我闲来无事就踢他的椅子。他转过头来，我说：我受不了了，王亮。他说，如果我不擦，你会更受不了。后来我才知道有种比劣质香水更致命的味道叫作狐臭。看来金老师比我知道得早很多，她经常要找王亮的麻烦，通常是比武，当然是她主攻，王亮负责四下逃窜。一次她飞起一脚将他踢倒，不知是踢中了哪个穴道，王亮倒在地上抽搐起来，她一下慌了神，脸上又露出了师范学生的模样，这表情没一会就消失不见，因为没一会王亮就从地上爬起来，惭愧地说：老师我去给你买辣白菜吧。

她是朝鲜族人。

她除了亲自动手修理学生，偶尔也要学生之间互殴。我便被王亮打过几回，他知道如果他不给予我沉重的打击，老师的侧踹就在不远处等他，他就下起狠手，抽得我以为袭来的是我爸的右手。每次他揍完我都会扔给我一块新买的橡皮，散发着诱人的香味，喜欢得我恨不得咬上一口，一想到是王亮扔来的，便作罢了。

金老师的好处是重武也不轻文，她会要我们背诵宋词，唐诗也背，三百首就可以，无须再多，她对唐诗是看不起的，觉得欠韵味，太粗粝，不如宋词曼妙，童声读起来更加摇曳，尤其是我们根本不懂得词中的意思，只凭着音律朗朗诵起，远听以为是无心的歌唱。

四年级以后的每个下午，她都不允许我们算数或者背单词，更不要说去操场上飞跑厮打或者摔片基，只许在教室里背宋词，若是背得不好，她便要弃文从武，因此我们都胆战心惊地背到一字不差，不说倒背如流，因为她从没要求我们倒背，从中间任何一处起头，我们是都背得下去的。李后主的词虽不属宋，可她最喜欢，他的词我们全都要背，她最爱听我们背那首《浪淘沙》，每背到"梦里不知身是客，一晌贪欢"，我便觉得有些异样，"一晌贪欢"四个字像是一句咒语，每次背到我都心头一跳，像是让谁的手指戳了一下，不知道她对这首词的眷恋是不是也是因为贪恋这奇怪的一戳。丹凤陈的声音细小，可清澈动人，也许我喜欢她不只因为她的眼睛，还有她的声音，长大了回想起，不光有洗衣粉的味道，还有她的声音，那声音就好像在耳边，又好像是窗外面，忽近忽远地唱起，一晌贪欢，一晌贪欢。

金老师后来嫁给了一个姓马的体育老师，她的脸虽然被丹凤陈戳了一下，但是一点疤都没有，那姓马的老师人长得却不像马，有点像马的兄弟，驴或者骡子，看脸面就知道力气不小，可似乎一直找不到正确的地方使用。后来我经常幻想是不是金老师也要抽他的嘴巴，如果他该做饭的时候不做饭，该洗脚的时候不洗脚，或者背不出金老师爱听的李煜，如果是那样，我觉得我小学几年挨过的上百个嘴巴倒是不冤，毕竟是她的爱好，连像骡子或者驴的马老师都敢揍，我们这些小坏蛋又算得了什么呢？我妈说，之后经常在中山广场见到金老师，跟着一个巨大的录音机跳迪斯科，不是她记忆的模样了，和其他跳迪斯科的女人越长越像，我妈说她快要没法从那一群人里挑出她了。又过了几年，我妈说看见她领了一个小女孩儿，五六岁的样子，很可爱，只是脸颊有些修长，小姑娘坐在她的腿上，不知道因为什么事情，挥动着小手轻轻地掴着老师的耳光，老师说：打妈妈？打妈妈？还打？

所以，当我坐在初一丁班的第一小组第二排第一次见到初中班主任孙老师的时候，我长舒了一口气。这女人至少有点疲态，不像是能和学生过招的样子。她看起来三十岁左右的年纪，可就像是在走进教室之前已经走了十几里山路，而教室又不是她的终点。我记得她的第一句话是：我管了十几年坏学生，你们是我带的第一拨好学生，我不想管你们，更不想用管坏学生的方式管你们，我这些年太累了。然后叹了一口气，好像要吹散鞋上的尘土。她接着说，我当学生的时候书念得不好，没有我妹妹好。我心里想：你妹妹？她说：我妹妹念到北京去了，每天在长安街上班，我就不行，当英语老师，教了十几年坏学生，你们这些好学生不知道坏学生心里是怎么想的，他们一心就想捉弄老师，但是我知道，我当学生的时候就是这么想的，非得跟老师对着干，我又不能打他们，我不喜欢打人。

我想，就等您这一句话。

她说，但是你们应该能猜到，我今天能教你们，一定是我这些年教得不赖，我有办法治他们，我教过的学生没有一个回来看我的，我不难过，他们要是不怕我，我早就完蛋了。所以，还是那句话，你们都是好学生，我不想管你们，我太累了。

那天她看起来极其苗条，后来我们才知道，就在那个夏天，她怀孕了。

第一章 刘一达

刘一达是当仁不让的好学生，还是个细高挑，白净脸，有点驼背，但是不严重，只要你不要让他跑，你就不会知道他跑起来像一只受惊的鸵鸟。初一的时候他坐在我的前面，初二的时候他坐在我的后面，初三的一年他坐在我右面。但是我和他成为好朋友不是因为这三年他一直环绕在我左右，之后的很多年我一直在想为什么我一度和这个人成了不可救药的死党，也许是我们后来都成为了疯子，想必当初未疯的时候已经有些病状的前兆让我们不自觉地相互吸引，终于成为一对除了有疯病之外，毫无共同点的挚友；也可能是我们彼此需要对方在自己一无所知的领域提供一点安全感，就像是对于妇科病我狗屁不知，但是如果我的小姨曾经被这些病折磨二十年或者我的二姑是一个妇科大夫，当我认识的某一个女孩儿向我求助的时候，我会敢于让她扑进我的怀里，然后安慰她一切都会好起来。这不是一个凭空的比喻，为了炫耀我是多么的触类旁通，妇科知识只是刘一达浩瀚生理知识的冰山一角，他的沉默寡言让老师和女孩子以为他只是一个纯洁的内向的小傻逼，他是个傻逼不假，对于他的这种认识即使在他有了后来的成就之后在我心中也没有丝毫动摇，不过在生理健康这一门，我相信以他的天赋和用功程度，在初三的时候大可以在班里坐诊，到了初三下学期，他被从清华附中的天才班遣送回来，已经可以凭借着遥远的一瞄就能知道女孩儿是不是经期紊乱或者男孩是不是已经包皮过长，我们另一个后来彻底疯掉的好友霍家麟经常会旁敲侧击地追问或者干脆直截了当地走过去询问验证，证明刘一达从未失手。

早在老师们发现他的才华之前，我已经知道刘一达以后会是一个不同寻常的疯子。初一的第一堂几何课，老师是一个看似极其慈祥的老太太，只是记性不是太好，耳朵也有些毛病，所以后来很受一些学生的爱戴。她在课上问：同学们，我是你们的几何老师，我姓张，你们不用知道我叫张什么，告诉你们你们也用不上，你们就叫我几何张就行了，因为教你们代数的老师也姓张。同学们，我再问你们一遍，以后你们叫我什么？我们齐声说：几何张。她微微一笑，对，叫我张老师就对了。底下有些骚动，后排的汪洋说：这老师好，有点傻。几何张摆了摆手让大家安静下来说：同学们，在讲课之前，我想摸一次底，不用害怕，不是考试，谁知道自己站起来回答就行，你们都知道哪些图形是对称的？第一排的于和美一边举手一边把自己拽了起来，几何张说：这位小同学，你说。她说：正方形。几何张说：非常好，非常好，答得非常对，你的基础很好。还有谁？第一排的于和美又把自己拽了起来，几何张看了看她说：这位小同学，你说。于和美说：长方形。几何张说：非常好，非常好，你的基础很好，你叫什么名字？于和美说：于和美，干钧于，和平的和，美丽的美。几何张说：干钧于，下个答案你要留给别的同学，还有谁知道？

　　又有两个女孩儿和一个男孩儿站起来说了几个大家都知道的答案，我冥思苦想再也想不起有什么东西是对称的了，不知道语文里的对偶算不算对称，肯定不算，就是算她也不会知道，她也不是语文张。这时几何张发现了刘一达。刘一达总是一副胆怯的表情，他这点经常让老师难堪，因为就算一个问题他已经有了十足的把握，他也不会举手，而是装出一副怯生生的表情让别人以为他对此一无所知。对于某些老师，这种表情比高高举起手来更有吸引力。几何张是第一个吃螃蟹的人，她对刘一达说：这位同学，你说一说哪些图形是对称的？刘一达哆哆嗦嗦地站了起来，我坐在他后面和几何张一样，心想这下子你可要难堪了，你看干钧于多有霸气，简直就是跳起来的。刘一达说：直线。然后坐下。教室里其他人马上陷入了一种冥想，对于我来说，这个答案太深奥了，我没法指出它是对是错。几何张的表情告诉我，她和我一样，对这个答案束手无策。过了一会，几何张说：下面我们来讲第一章，线段。

　　几何张如今是否在世已无从知晓，在2000年走出那个校门之后我从未想去验证那些在上个世纪就已经开始衰老的老教师们是否健在，或者还能否记起我们这一批短暂而特别的学生。我想他们也许已经把我们忘记，也许那些温顺而杰出的孩子会占据他们回忆的顶端，而我们包括刘一达在内，已经被他们顺理成章地扫进垃圾桶，当然至少我，宁愿待在垃圾桶里也不愿意在他们的记忆中出现。刘一达也许也抱着这样的想法，更有可能的是，他不想存留在任何人的记忆里，他后来说他从小就相信，只有他自己的记忆对自己有意义，至于他对别人的影响他从未在乎过，于是别人也无从对他施加影响，他通过这种漠视其他人以换来其他人对他漠视的方式获得某种自由，他的沉默和奇异成为他的保护色，让他隐藏在自己的影子里畅快地思考他认为有意义的问题。我不相信他后来的话，关于过去的解释总是可疑的，因为你已经不是过去的你。我不相信他在那个年纪就已经如此的老练，我更加倾向于是性格使然，他原本淡泊的性格也许在某一瞬间流露出激情，但是他马上意识到了危险，他的淡泊逐渐变成了冷漠，对别人也对自己，不动感情，只是要永远向前。

　　所以我相信在几何张的记忆里和刘一达的记忆里也许那个初一的早晨已经不复存在，而对于我来说，那是一个意味着一切已经开始的早晨，在刘一达从唇齿间吐出"直线"两个字的时候，一条两端无尽头的线在我的面前展开，一向多虑的我发现这个空间里不会再有我那些满街疯跑，不顾后果的玩伴，有的是于和美这样有着近乎于病态竞争意识的女孩儿，也有刘一达这种不动声色的隐者。而孙老师和几何张的出场宣布了我面前的老师再也不会是简单粗暴指哪打哪的金老师，而是一群会动脑筋的老手，尽管几何张看起来一副老糊涂的模样，她还是让我觉得一切都在她掌控之中。我那时还无法断定这些人是好是坏，和他们一起是一段什么样的旅程，只是隐约感觉到，无论风景如何，这段路都不会轻松。

　　刘一达的答案并没有赢得老师的赞赏，不知道几何张的慌张和对这个精彩答案的冷落是不是因为刘一达他捣了乱，破坏了师生之间的某种默契。但是我知道我的前面坐了一个了不起的人，他坐下之后，我不断盯着他的背影，之前还傻头傻脑的，现在忽然连头发都显得聪明起来。然后我发现，原来这个小子并没有听课，而是拿着一本上面有着"宇宙"两个字的书冒充几何书。我就用脚踢他的椅子，他微微向后靠靠，左耳朝前，我说：看什么呢？他说：线段。我说：线段和宇宙有什么关系？他说：任何事都和宇宙有关系。然后就把身子挪走，继续看他的宇宙书。我又踢他，他犹豫了一下，左耳过来了，耳朵看起来不是很耐烦，我说：我会背词。几何张发现了我们俩，这次她机警地避开了刘一达，而是把我叫起来问：我刚才讲了一个定理，是什么，这位同学你不要晃，好的，现在不要舔嘴唇，我提醒你一下，两点之间……我又晃了起来，每当我对一个问题毫无办法的时候，我就要晃一晃好像要把答案从脑袋里摇出来，这是我从小养成的毛病，因为在小学里没有人会注意除了答案之外的事儿。这时刘一达小声告诉我：线段最短。我脱口而出：线段最短。刘一达小声补充：两点之间。于是我顺利地把两句话连在了一起：线段最短，两点之间。几何张说：两点之间线段最短，你说一遍。我说：两点之间，线段最短。几何张说：中间不要有停顿，这个定理中间没有逗号。我说：两点之间线段最短，中间没有逗号。有些人轻轻笑了起来，几何张和蔼地瞪了我一眼，说：下次你站起来再晃，我就让你去我办公室晃一上午。我笔直地坐下，顺便踢了脚刘一达的椅子，表示感谢。

下课之后，他转过头，说：词是什么？我说：我给你背一段，无言独上西楼，月如钩……然后他：你知道宇宙是从一个大爆炸来的吗？我说：不知道，炸完了不都没了。他说：炸完了就全都有了。然后把头转过去，再没理我。

初一期中考试之前我已经彻底和所有老师交恶，每个老师都认为我野，没规矩，语文老师更是觉得我写的东西不知所云，简直就是没有主题，没有寓情于景，没有卒章显志。我的作文屡屡登上班级的黑板报，旁边写着老师用红色粉笔写的批语，比如：这就是我们写作文常犯的错误，没有中心思想。那是我刚刚相信自己懂得一点文章的做法，想写些真语言出来的时候。我曾写过一篇作文叫作《复仇》，写一个少年千里迢迢去找自己的杀父仇人，找来找去发现仇人不是一个，而死去的父亲也不是什么好东西。我不顾作文本上印好的小方格子，用蝇头小楷密密麻麻地写在本子的正反面，远远超出了老师要求的字数。自以为写得不赖，结果交上去的当天，老师就把我叫到办公室，告诉我她教书几十年，从来不舍得给学生零分，可这次要把零分给我，因为这篇作文是她见过最长、最臭、最阴暗、最不知所云的作文。如果不给我零分，就是对我不负责任。我靠流利地背诵李后主、柳永、苏东坡得来的语文课代表的职位也迅速易主。孙老师更是把我列入了敌我矛盾的范畴，因为有一次她把我叫起来说：你说一下 make 的词性。我说：哪一个 make？她说：m-a-k-e make。我说：不知道。估计她肯定是误会我存心戏弄她，和她过去十几年打交道的坏学生一样。其实我完全是心口相连，想到一句就说了一句，哪承想一下便被打入另册。听我们班消息最灵通的杨天宁说，自从她接替我成了语文课代表，就和我无话不谈。她说，孙老师调查了我家的成分。我说：成分？她说：这是我听她和别的老师说。我说：你怎么听见的？她说：你管不着，她说你家是工人阶级，扶不上墙。我说：什么叫扶不上墙。她说：我也不知道，你千万别和别人说是我说的，把你语文作业交了吧。我说：草，老子从小翻墙就不要人扶，你跟孔老师说，我忘带了。

　　在我和其他几个不受待见的矮个儿学生渐渐遭受炮火

侵扰的时候，刘一达则一直隐藏在所有内向的大个儿孩子之间，孙老师有时候会忘记他的名字，她说：李默前面那个。期中考试到来的时候，我正废寝忘食地想把成绩搞好，想要证明给她看，我有个工人阶级遗传的好脑袋。可刘一达每天不是上课看宇宙星云的书，就是自习课的时候呼呼大睡，一天也说不了一句话，似乎也写不了几个字，平常的考试成绩不上不下，稀松平常，还不如我忽上忽下，跌宕起伏。那次期中考试学校故意把代数几何的题目搞得很怪，代数张说：得杀杀你们的威风，初中可不比小学，玩着念就能得个双百，告诉你们，这次你们当中得有一半的人不及格。我果然没有及格，更可气的，就算是三十分及格我也没有及格，那是我第一次尝到失败者的滋味，因为我确实努力过，之前无论是跳墙、游水、逮人、双杠、藏猫猫、乒乓球，还是升学考试，只要我卖些力气，我都搞得不赖，这次可是一败涂地，颜面无存，让那些老师可以把我作为反面教材高高竖起，这就是对抗的下场，尽管我没有想要和谁去对抗。极度的失落让我甚至忘了那次的第一名是谁，一定是某个败絮其外，金玉其中的女孩儿，但是我记得第二名是刘一达，这让所有人惊讶，孙老师在班上大大夸赞了刘一达的进步，说刘一达的入学成绩是全班最末几名，这次就考得如此之好，108 中就需要这样的学生，李默就太让人失望了，进来的时候是班里的第四名，李默你说，你这次是第几？我站起来小声报了我的名次。她说：你还有脸说，下课。

　　其实孙老师对刘一达的表扬有点让人摸不着头脑，刘一达的第二名虽然已经足够让许多人觉得奇怪，更让人感到惊讶的是，他的英语和语文都没有及格，而几何和代数则是满分。这种颠三倒四的成绩竟然在总分上一人之下，其他人之上，可以说是让英语老师和语文老师感到羞耻的胜利。我坐下之后，刘一达回头说：你家住哪？我说：铁西艳粉。他说：我们俩晚上一起走吧。到了晚上我们俩跨上自行车，一起驶向各自的家，我讲起来了各种各样的笑话，这时候我才发现他极喜欢大笑，浑身耸动起来，好像随时要窒息而死，不过很快又把自己救了回来。他则讲述在他的心里，圆周是多么美丽，完美的图形，每次在里面画上一个角或者连上几条难看的辅助线，都会让他觉得受罪。不过这又有什么办法，不会有任何一个老师画上一个圆，然后问你这是一个什么图形。但是对话只是我们回家过程中的一小部分活动，其余的部分是追逐。他的自行车是最老式的那种，有一条粗壮的横梁，和一个从来都不会响的铃铛，他的脚尖刚好能够到踏板，可他骑得飞快，在人流里急速地穿行，经常与老太太的鸡蛋筐和老头儿的拐棍无限趋近，可一直没有相交。他有时候会把屁股坐在横梁上，胳膊肘支在车把上，远看以为他要把自行车的前半部抱住。他就以这种姿势猛蹬，像雕塑一样在逐渐落幕的夜色里飞驰，我简直能听见他和风摩擦的声响，像是空间和时间偶遇在小声地耳语。我的自行车是女式的，斜梁，我妈说如果是横梁万一遇到什么状况跳下来很不方便，比刘一达的小一圈，所以刘一达一不小心就会把我落得很远。在我以为我要和他失散的时候，冲过一片市场或者一个人群，我发现他正在原地打转，陶醉在等待我的时间里，好像只有这个时候，他才是个自由自在的胜利者，虚怀若谷地和失败者相逢。

　　我们就这样成了无话不谈可又无法让彼此理解的朋友，每天骑车回家在暮色里肆无忌惮地对谈，说着对方不感兴趣而自己兴趣盎然的话。初二的一年，我开始经历最黑暗的时光，问了自己无数的问题，自己又给出无数不能让自己满意的答案。刘一达正如日中天，我们考试的科目适时地加上了物理和化学，又是他无法出错的两科，全校自以为聪明绝顶的孩子都开始信仰一个叫作刘一达的男孩儿，他内向，谦虚，从不失败，像计算机一样不会有属于人类的失误。他从不发问，也不会帮助别人解答问题，因为他简直说不出一句完整的话，只有短促的、含糊的表述，让你觉得他讲过之后题目变得面目全非，愈发难懂。不知道为什么他面对我的时候会口若悬河，说得自己发汗，可能是他知道我根本没有认真听，或者曾经试过但是没有听懂。他的名气还因为他的英语和语文永远不会及格，他悄悄告诉我，他到了初二还记不得英文字母到底是二十四个还是二十六个，每次想到这个问题，他都要亲手数一遍，这也许是他走向实证主义的开始。他的存在让一些老师的境地变得尴尬，初二的平面几何是初中数学抽象和想象力的高峰，老迈的几何张经常会把自己绕得血压不稳，自己在讲台陷入沉思，置我们这些更加迷惑的学生于不顾，有时候她会在书的尾巴把答案找到，按着答案去思考，可有些题目让她开始怀疑答案出了错误，这让我们十分欢喜，圣经一样的答案有时候也是狗屎，这多让我们这些终日为答案卖命可又经常与答案擦肩而过的学生振奋！可她这时候会把刘一达叫起来，问道：说说你的想法。然后拿起讲台上的茶杯掩住自己的半张脸，悠长地喝上一口，眼睛却瞄着刘一达的嘴。除了那些果真出现的印刷错误，刘一达通常会借助超过两位数的辅助线和接连几个我们尚没有学过的定理，像是一个会在半空中的钢索上后空翻的杂技演员一样，成功地弥合了答案的缺憾和老师的自尊心。在我漫长的无聊的似乎永无尽头又结束得极其突然的求学生涯，从没见过任何一个人对一门学问精熟到如此程度，极其轻巧，不动声色，深刻地画出属于它的颜色，转眼间又把自己隐藏在一群无知的人中间。如果有人问我，你是否相信人的身上蕴藏着某种神性，我会回答他，在一个人发现了某些神创造万物的逻辑，在一个人罔顾自己和他人，只为追寻这种逻辑而生的时候，他就接近了神，同时也接近了神的兄弟和敌人。

　　初二下学期的时候，他开始系统地做实验，学校的实验室根本不会对学生开放，那是应付各种各样教育部门评估的展览品。每次上面来人之前，我们都会被攒进去帮助老师擦净试管和三脚架上的灰尘。刘一达自己买了许多实验工具，坩埚、试管、三脚架、量筒，还有一些化学药品，包括硫酸、高锰酸钾等。那也许是他平生第一次疯狂地热爱上摆弄这些东西，简直是日以继夜，白天他一般都会在书桌上睡去，为晚上的下一步实验养精蓄锐。一天晚上他向我发出邀请，准备让我们目睹他的一个有趣的发现。我心里十分好奇，他从来不会让我去他的家，我也不知道他的父母是怎样的人，这次破例让我过去，一定是有什么特别的东西。他的家住在一个极其破落的小区，楼房像是被福尔马林泡过，灰色的外墙爬满受潮的斑点和杂乱无章的电线，让我觉得住在这栋楼里，应该是一群被子女遗弃的老人。我家虽然偏远，可还有一些草木可以怡神，没想到城市里竟然也藏着这么令人视野难堪的去处。我去的时候，他的父亲正在努力度过卧床的第十个年头，具体是什么原因我记不得，也许是肺病也许是肠梗阻，极度消瘦的父亲说刘一达长得像他的时候，我只能通过丰富的联想才能在某个五官上寻觅到一点蛛丝马迹。他说他从工程师到看门人到终年卧床只用了三年的时间。我说：叔叔，我爸我妈已经卖了半年煮苞米了，他俩身体还行。说完我就觉得还不如不说，尤其是后一句。这时候刘一达的母亲端着一杯水走了过来，她亲切得像是认识了我好多年，而我那时一共也没有多少岁，她的第一句话是：你叫什么名字？我说：我叫李默，阿姨，刘一达在我们学校特别有名。她的第二句话是：李默啊，你相信万能的主能帮助我们所有人渡过难关吗？我在想万能的主是谁的时候，她的第三句话来了：我的心脏病就是万能的主治好的，自从

你叔叔去年开始信主以来，他也感觉舒服多了。这时刘一达
的父亲正费力地吃橘子，用手慢慢把橘子捏烂了，然后放
进嘴里。等我进了刘一达的屋子，他说：我爸妈有病。我
说：啊。不知道他说的是胃病、肠子病、心脏病还是别的
病。他的屋子里已经布置好了一个装置，我已经不记得是什
么构造，因为我从未对这些东西发生过一点兴趣，遗忘那些
无趣的东西是能记住一些有趣事情的前提。刘一达低头点燃
了应该是酒精灯之类的东西，不一会小锅的液体煮沸了，我
问他：咕嘟是什么？他说：硫酸。我本能地退后一步，刘一
达却毫不在乎地凑过去，观察他的实验品。这时意外发生
了，硫酸突然从容器里跳出来，像蛇一样吐出一条滚烫的信
子，刘一达把脸歪在一旁，躲过了绝大部分硫酸，有一滴脱
离了队伍，落在刘一达左侧的脸颊，我大叫一声，抓起手边
的一块东西向他跑过去，刘一达也扭头就跑，我以为他要跑
到外面，叫上爸妈或者跑到洗手间，用水稀释，或者径直跑
到医院去，可是他跑到抽屉旁，抽出一面镜子，和一块电子
表，对着镜子开始计时，嘴里说：黑了，黑了。他后来告诉
我，他后悔他那时候的用词，让他感到羞愧，正确的叫法应
该是炭化。他说这个过程他以为只需要三秒钟，没想到持续
了十秒，应该是他不经常洗脸的缘故。我说，你不疼吗，你
的小白脸现在可留下了一块疤了。他说：我要脸有什么用？
我说：你没看见我拿了一块抹布吗？我本来能把你的脸救下
来。他说，草，你当时拿的是一块砂纸。

　　初三的时候，刘一达因为在全国的物理竞赛里拿到满分，成为东北三省唯一一个进入清华附中天才班的学生，老师们默许他为所欲为。他的实验走出了家门，来到城市郊外的铁道上。那时候我常躺在铁道旁边的草丛里，看天上的云变成那个女孩儿的模样，只要我想，那一朵朵的云彩就能变成她的脸，她的躯干和她的笑容，风一吹，并没有破碎，而是婀娜地向我走来。我以为我应该在这样的时光里死去，毫无痛苦地，轻盈地结束肉体在这个世界受苦，灵魂随着肉身的消逝而升腾，直到和天上的云彩相接，从此永恒地漂浮。家麟手拿一把小锤子，沿着铁道敲打，然后指出一块地方，告诉刘一达说：这儿吧。刘一达从肩膀上背着的小麻袋里，挑选出一块石头，放在家麟选中的地方，不久火车呼啸而来，猛兽一样像要碾碎所有阻挡它的力量，包括刘一达满怀希望放在它脚下的石头。这样的实验全部以失败告终，没有一块石头能够阻挡火车的前进，使其倾覆，车毁人亡。刘一达说他其实并不是想要看到人在他面前死去，或者不死，都与他无关，火车和车上的人们只是这个实验里，完美的天然外力，他只想要找到最硬的石头，而这个实验一旦成功的后果，他甚至从没想过。

　　每当想起当时的情景，都会感到劫后余生的心悸和随之而来的安宁，就像是我在小学的时候曾经沿着一栋高楼的外梯，爬向楼顶，中途脚下一滑，险些跌落下来，是下面另一个和我比赛的孩子的脸挡住了我的脚，让我有时间再次把铁杠抓牢。如果没有那张脸，我一定会变成一摊肉酱，而当时并没有想到我可能会死去，只是想要第一个爬上去，这样就可以向学校操场的小人儿扔石子。在我尚未终了的人生里，我不知道有几次这样的情景，也许更多的时候末日就在我身畔，而我毫无察觉，自顾自纠结地活着，不是现在忘记，而是从未知晓，在任意的一秒死神信手一击，我们就不复存焉。我越来越确信我们的幸福依仗的是我们的无知，而不是经常被人提起的勇敢。刘一达从初一开始，渐渐习惯了受人膜拜，奉为偶像。我从没有见过他胆怯，他当然谦虚，不会向人炫耀他的学识，可他也自负，从不会承认自己的无知，他毫不怀疑自己的所作所为有什么不妥，他习惯于说，哦，我就是这么干的。也就是说，对错与他无关，这是他的方式。也许这就是为什么到了最后一切变得不可收拾，因为从我认识他起，他一点点地忘记了人在很多时候应该恐惧。

　　临近初三毕业，刘一达突然从北京回来，不是他不够出类拔萃，而是他说他实在受不了一个宿舍竟然有人打呼噜，他从来没住过宿舍，想不通怎么会有人这个年纪就打呼噜。刘一达的母亲来到学校，求学校再次收留他，让他完成学业，考取省里最好的高中：省实验中学。学校有点犹豫，刘一达的价值是他的偏执，而那个高中需要的是全才，他已经大半年没有复习，语文和英语早已荒废不说，学校更加担心的是他已经习惯于竞赛的思维，而常规的数理化需要的是稳健和平庸。据说母亲当着学校领导的面，搧了刘一达一个嘴巴，哭喊着让他在主的面前发誓，一定要为学校争光。然后用打了刘一达的手，飞快地在胸前划了无数个十字架，让主宽恕她的易怒和暴戾。

刘一达以不可思议的分数考取了省实验中学，英语和语文的分数和数理化一样高得离谱，他证明了在初中阶段以理化思维学习人文科学也是行得通的。就在他进入省实验中学的那一刻，我们失去了联系，他就像是死去一样从我的世界里消失，使我一度怀疑自己是否曾经有过这么一个卓越的朋友，家麟执拗地把电话打到刘一达家里，甚至登门拜访，可还是寻他不见，他的父母也像是对待陌生人一样客气而冷淡地告诉他不要再等了，他们家要开饭了，而饭前的祈祷是不喜欢有无神论者在场的。他就这么突然间没了踪影，但是关于他的传言是不会停止的，每一个认识他的人都乐于谈论自己见过的一个天才，真正的天才。听说在高二的时候，他顺利地在全国的生物竞赛中脱颖而出，并代表中国在世界上的比赛中蝉联冠军。他终于被保送进入了清华大学，那是他的理想，他曾经说要从那里启程去美国。初中三年他唯一的一次述说自己的梦想，我记得异常清楚，他没有提到他要成为一个怎样的人，取得如何的成就，他只说他要去美国。

在我艰难地从大学毕业，开始为自己的第一套房子累积首付的时候，从美国传来了喜讯，刘一达和我们班上一个并不起眼的姑娘王黎雪结婚了，是闪婚，从他俩在芝加哥重逢到结婚只有一个月的时间。而那个姑娘初中三年的大部分时间都是我的同桌，我曾经趁她睡着的时候把一个锋利的夹子夹在她的脖子上，我自以为是一个再平常不过的一个玩笑，没想到那时候女孩儿的皮肤真是吹弹可破，血染红校服的衣领。她尖厉地大哭起来，惹得全班同学都以为我犯了不可饶恕的罪行，其实只是一个有锯齿的夹子而已。幸好是下午的自习时间，没有老师在场，我为她削了十几根铅笔，并发誓我只有这一个夹子，而它现在属于你了，不会再有一个陌生的夹子神不知鬼不觉地到了你的脖子上。我记得非常清楚，那天刘一达并没有和我们同行，而是早早打开车锁，悄无声息地走了，对于像他这样希望每天的生活像生产线一样一成不变的人来说，这样貌似没来由的跳脱十分罕见。

　　喜讯传来之后不到三个月，在美国的另一个同学，不算是我的好友，但是这么多年有一搭没一搭地没有断了联系，也许是因为她属于越长越顺眼的类型，也许是自从初中毕业之后，我又热衷上了卖弄各种各样的俏皮话，对于那些笑点低而又感情丰富的姑娘来说，时不时和我通一次电话，就像是逛了马戏团一样开心。她说：刘一达上这边的新闻了。我说：不会是诺贝尔奖吧。她咯咯笑起来说：傻逼，他把那谁捅了。我说：谁？她说：他老婆，王黎雪，捅了三刀。他这回可真出了名了。我觉得冷和迷糊，说：死了？她说：没死，王黎雪命大，给救回来了。据说是那女孩儿要和他离婚。我说：刘一达呢？她说：跑了，到现在没有抓到，已经失踪了好长时间，他肯定是以为把人家捅死了。我记得上初中的时候你俩挺好的，你是不是也有点变态啊，我要是惹你不开心，你是不是哪天也得把我捅了？也许我应该说一句暧昧的笑话来响应她的暗示，可我什么也没说就挂断了电话。

那天晚上我想起来所有关于刘一达的事情，我以为自己已经遗忘的细节又栩栩如生地出现在我眼前，就像是一部隐藏着巨大悲剧的喜剧电影。奇怪的是，我并没有替刘一达感到惋惜，而是因为那个女孩儿感到有些内疚，我曾经用一个夹子伤害了一个她，而她现在因为轻信，崇拜和对于人性的片面认知受到了更大的伤害。

睡觉的时候我梦见了刘一达的镜子和电子表，他对着镜子，盯着自己的脸，余光看着电子表，说：炭化。

第二章　高杰

听说高杰现在当了公务员，在市政府的办公厅，短短几年下来已经是市政府里面最年轻的副处长。见过他的人说他和小时候相比变化很大，不但是肚子鼓了起来，好像衣服里藏了几斤猪肉，神态也好像是在官场里混了几十年，连五官都像是《新闻联播》里常出现的坐在主席台后面的领导了。

初中的时候所有人都喜欢高杰，尽管高杰和我们每一个人都不同，他不像家麟，叛逆，孤僻，不顾后果地跟每一个站在讲台的人对抗；他也不像汪洋、马立业，已经厌倦了身为学生的生活，恨不得随时拿起一把剔骨尖刀到街上遛一遛，逢人就把耳边其实并不存在的发际用大拇指向后拢一拢，长得像山鸡，却要把自己扮成陈浩南；也不像隋飞飞、于和美，成绩固然不错，活动更是积极，但是会招所有人讨厌，因为她们喜欢跟所有人争，每个人嘴前的东西都要上去啄一口，就算那是你刚吐的一口痰。我相信老师大多也是讨厌她们的，只是这样的人最会打小报告，如果我是老师我也会把她们宠得不赖，能为己所用，家犬一样忠诚和勇敢。高杰和他们都不一样，他是个全才，对所有事情感兴趣，他喜欢每一门课程，珍惜每一堂课，他善写大字，会画素描的人像和水墨的葡萄。篮球打得极好，有仙道一般的潇洒和倨傲，可下了场他又是最谦虚的一个，不停地夸赞每一个防守他但又对他无计可施的人是他见过最难缠的对手。他有着浑厚的嗓音，能模仿阅兵时的希特勒，就是"伟大的士兵们，战争使我踏遍了整个欧洲，而前面就是莫斯科红场"的那一段，不但口音流利逼真，活脱那个配音演员，形体更是惟妙惟肖，举手投足不可一世的气魄和必胜的信念，眼神里，竟有一种令人目醉神迷的邪恶。初中三年他只为我表演过一次，惊得我一身冷汗，整个一个晚上没法看书，脑子里老是盘旋他的目光，第二天上课，又看见他儒雅地给每一个向他请教的同学讲题，我才把内心里的疑问放下，他还是那个他，那是希特勒的邪恶，不是他的。他的成绩一直保持在班级前三名，年级十五名左右，从没有大幅地超越自己，也没有一下跌落到令自己难堪的地步。初中毕业他以他一直以来的成绩考取了省实验中学的公费生。虽然他不一定是成绩最好的，但是他一定是所有参加考试的学生里让老师们最放心的一个。

我们相熟是因为评书。

那时候班上的同学都爱听《童林传》《三侠五义》，反正得是单田芳说的，用汪海的话说是：那破锣嗓子，听着过瘾。我却不喜欢他，嫌他把书说得太满，什么事都得说到十分，要是再来一个更邪乎的，他没办法，再一铆劲给说到十二分。好人就是好人，坏人就是坏人，三六九等分得清楚，一伸手基本知道谁活不了，我不喜欢这么容易猜的故事，这和我们老师是一个逻辑，给你定了性，你就别想在这部书里翻过身。那时候有一个男不男女不女的说书人，到现在我也不知道他或者她的名字，在一个偏僻的频道说了一出《薛仁贵》，我爱听得很。初二上学期的时候，父母逼我还不是很紧，每天晚上六点，体育新闻完了，我都得想方设法把《薛仁贵》听了。最爱听那段火头军，白马白袍白甲的一个伙夫，也不知是何方神圣，一到危机的时刻就天神下凡一般解救唐军于九死一生之境地。班上除了我，只有高杰听《薛仁贵》，我那时候还没有整夜整夜睡不着觉，反应尚且跟得上，一张嘴一串故事拉着手就能出来，高杰要是引你为友，也变得极为健谈，他有一种温文尔雅的幽默感，没有脏话，没有和生殖器相关的笑话和暗示，只有一些带着睿智和博学的小幽默，我很吃这一套，虽然我的脏话一直和生殖器相连，但是这种幽默我也能给予贴切的回应和必要的你来我往。其实我并不是一个吵闹和愿意以谩骂伪装豪放的人，只是我想要保护自己，我自卑，懦弱，若是嘴上再不加把劲，我想不出什么办法让我在那个环境里免于恐惧地生存。如果那时候我的胡子和现在一样坚硬，我一定会把连鬓胡子蓄起来。

　　所以我和高杰因为生于一千多年前的薛仁贵而成了

二十世纪末的一对好朋友。从评书开始，我们发现了对方身上和自己相同的地方。内心里，我和他一样是一个安静的人，只是像他说的，我的脑后有反骨，遇见不平事和对我指手画脚的人，无论我多么努力地伪装，脸上也会露出"你最好给我滚远点"的表情。他的反骨长在心里，他常说，和老师较劲有什么用啊，我一小孩，他们再不对也是我领导，现在，咱们就得利用他们，和他们打架我觉得挺愚蠢的。我们都能写大字，他直接把粉笔放扁，像刷子一样，写出的字舒展妩媚，教语文的孔老师给的评价是：长袖善舞。我是先用抹布把黑板擦湿，粉笔立起，趁黑板变干之前，一气写完，用的是双钩法，多棱角，撇捺的尽处如刀，间架结构袭自颜真卿的多宝塔碑，又混了一点勤礼碑的意趣，这是我自己摸索出的写法，那时候自以为是对美术字的某种革新。孔老师看了，说：哀毁骨立。到现在我也不知道这四个字是什么意思。他能背整套的毛主席诗词，有时候还模仿毛主席的湖南口音，只是手指间少了烟卷。我能背宋词，唐诗三百首也会，上课没事儿就在课本上默写，一次写了一首《琵琶行》，然后传给高杰看，课本传回来，他在旁边写道：晚来天欲雪，能饮一杯无？也是白居易的诗，看窗外，那天正下大雪。晚上我知趣地邀请高杰来我们家吃饭，我们俩推着自行车深一脚浅一脚地在雪地里走了好久，那时候我们都不会喝酒，一杯热水就能够让我们的小身子暖和过来了。我爸妈都很喜欢他，告诉我说，以后就应该和这样的小孩儿玩。

　　于是晚上放学我还是和刘一达一起走，可周末的时候，高杰经常来我家玩。每次进屋他都把鞋脱得整整齐齐放在门口，衣服也是，我家没有衣架，他把外衣叠成四方块放在炕头。我们常玩的游戏是把这些年我家所有的藏书——大部分是我爸从厂里图书馆借的，他不喝酒，不打牌，除了在工厂，就是在家读书看报，有时候看他拿着书的背影，我以为我生在一个知识分子家庭，可家里挥之不去的机油味又提醒我那个背影不属于生我养我的现实世界。又之后工厂倒闭，没有人想到要把书要回去，因为确实没有人需要它们——有些是教材，练习册，通通摆在床上；随便拿起一本，找一个问题问出去，若对方答对，就换他来问。高杰渊博，我家的书也实在有限，四大名著之类他已通读，教材练习册更不在话下，只是有本《金瓶梅》，上面的奇技淫巧他一个也答不出，我却能如数家珍，每到这时他都要腼腆地怪我：不该看的书不要拿到床上来。

　　一天孙老师把我和高杰叫到她的办公室，那时候她刚刚生了一个儿子，休息很短的时间就又出现在课堂上，让我极其失望。我第一次知道原来一个女人的胸部可以变得那么可怕，好像随时要出现井喷的事故。当时还没到以胸大为美的年龄，女孩儿们的第二性征也不是十分明显，突然目睹如此硕大的前胸，又长在一向令人恐惧的班主任身上，站在她跟前，我一直有些惶恐，好像面前是一个前胸挂着两个炸弹的恐怖分子。我看见她办公桌的玻璃底下压着她和她儿子的照片，她穿着病号服，怀里抱着她生下不久的婴儿，头发乱了，显得十分疲惫，可那笑容对于我来说很陌生，这样美丽的笑容是从哪来的？

她说：我要搞一个墙纸。这让高杰看起来有点为难，听说有些学生家长是去她的家干活的，据杨天宁讲，因为她住在老师家的楼下，她就看见过张勋的爸爸搬着煤气罐进了老师的家，张勋的父亲是个钳工，家长会我见过一次，瘦得很，也许是很有些内力。她接着说：挂在教室里。高杰说：老师，咱们教室已经挂满了，一边是马克思恩格斯，一边是刘一达和隋飞飞。

刘一达和隋飞飞是上次期中考试全年级的第一名和第二名，这是我们班史无前例地包揽年级的前两名，孙老师就用班费把他俩学生证上的照片放大，挂在马克思和恩格斯对面。这让刘一达第二次考试直接考出了年级前五十，可孙老师一直没有动静，刘一达后来跟我说，如果再这么弄，他准备考一次倒数。他一向低调的性格是他对此深恶痛绝的一个原因，更主要的原因是同学们一到下课，都要指着照片和刘一达说：你们俩好般配。隋飞飞在小学四年级的时候家里遭过火，她幸运地保住了性命，而不幸的是身子一点没事儿却烧到了半边脸。

孙老师冲高杰点点头，好像我只是她办公室的一把椅子。她说：摘了。我后来想了想，觉得这样太片面，这回我们要搞一个全面的。

　　她说什么都喜欢加上"全面的"，我对此的理解是：一个也不要放过。

　　她接着说：弄一张大壁纸，具体色彩你自己想，我给你个思路，最好是白色，要素气，不要花里胡哨。壁纸的底下是人名，名字前面呢，画一条跑道，我只是给你个思路，具体跑道怎么画你自己想，我觉得最好就是留一条空白就行，不要花里胡哨。然后我们准备一个红花戳，一个黑花戳，每次考在前五名的，在跑道上盖一个红花，后五名盖一个黑花，这样别的老师和校领导一进咱班，就能知道谁怎么样，免得那些耍小聪明的浑水摸鱼，以为平常不努力，期中期末考得不错就一俊遮百丑。高杰你觉得我这思路行吗？高杰点头说：这张壁纸一定会把我们班的学习风气扭转过来。我在旁边有些无聊，发现孙老师的领口上有点奶渍，又发现她穿着黑色的胸罩，毕竟她坐我站，我很有些优势，怪不得汪洋说，孙老师一穿黑色胸罩就要出馊主意了。汪洋初二的时候就已经一米七八，他的优势一定比我大得多。

　　我正看得出神，孙老师说：黑色的。我一惊，她怎么直接告诉我了？这时我又听见高杰说：嗯，名字用黑色的笔写出来最庄重。孙老师说：我就是给你个思路，这个周末就着手吧，下周一就要挂起来。高杰说：那我走了老师。我刚要和他一起出去，他拿起老师面前的杯子，走到墙角的暖壶那，倒满水，放回到她的面前，原来他早就注意到老师的杯子空了。孙老师点点头说：下周一一定要挂起来。

　　那是我唯一的一次和高杰一起与老师单独相处，不知道为什么之后再没有过。我虽然心不在焉，但也注意到高杰的样子，很让我奇怪，他在教室里当着大家和老师讲话不是如此，不卑不亢，很让我们佩服，不知道为什么一走进办公室竟有了些于和美的神态。他倒水那一招真是吓了我一跳，恭恭敬敬，一滴水也没有流到杯沿外面，也许是常写大字，手确实稳一些。

　　出去之后，高杰说：我觉得字还是你写，其余的我来。我说：我不想给她弄。这东西挂起来，我这样成绩的人，脸就没了。高杰说：现在不是想不想的问题，她周一冲我们要，我们拿不出来，她一定想办法找我们不痛快。以后这些机会肯定也就没有了，你字写得再好，谁看？我说：我不怕没人看，好就是好，没人看也是好，现在你好像是跟我一条战线的，刚才你怎么那么尊敬她？他说：我那不是尊敬，你怎么会觉得我尊敬她？这时候他的脸有些变色，嘴上也有些着急，像是受了很大的侮辱。眼睛也少有地放出些咄咄逼人的光，好像是希特勒被人说他竟然尊敬斯大林一样。他又说一遍：你怎么会觉得我尊敬她？我气馁了，说：我说重了，你是有礼貌，但是这活我不想干，不是不帮你，是不想当走狗。说完我又觉得不对，比尊敬那句说得还重，马上说：也不是走狗，就是不想当她的工具，工具你懂吧。他说：这不是互相当工具的事儿吗？默，你就是不懂这样的事。好吧，我自己来弄，回头我跟她说是咱俩一起弄的，你不用担心。

　　当时班上的人除了直呼大名就是叫些绰号，只有家人才叫我的单字"默"，高杰却经常这样叫我，每当他一说出家人的叫法，我就觉得十分的语重心长，像是突然多出一个长我几岁的哥哥，自己一定是老大的不对了。我摸摸脑后的反骨，一句话也没说，高杰等了一会，沿着走廊向教室走去了。

　　周一高杰如期拿出一张令所有人瞠目结舌的大纸，连孙老师也没想到这东西能做得如此之好，完全把她素描一样简陋的想法丰富成了一张绚丽的油画。一个个名字像是在跑道上蹲着的小人儿，只等一声发令枪响，就要争先恐后地飞跑起来。每个名字先用他一向擅长的写法写出内瓤，然后再模仿我习惯的双钩法勾出外壳，如同是我们俩携手完成的作品。这张壁纸刚刚展现在大家眼前的时候，每个人都因为它的精美大气而惊叹，可当孙老师激动地说完它的用法之后，绝大多数人的眼里马上映出忿恨的内心，就像是一件做工精美的刑具，也许几千年后可以放在博物馆里供后人缅怀先祖的手工技艺，可在当时，每个犯人看见它都要不寒而栗。这张纸一直伴随我们到我们毕业那天，成为我们班的一道奇景。有些人的红花一直盖到顶棚，棚顶脱落的墙皮一度是微红的。这是孙老师的主意，既然立了规矩，就不能自己搧自己的耳光，无论如何也要贯彻到底；有些人的黑花也基本到了教室正中的白炽灯附近，像是楼上渗水，棚顶受了潮，长出黑霉；有些人红黑相间，糖葫芦一样好看，有些人到了毕业那天，无论红黑，一朵花也没有。

　　高杰的红花是第三个到房顶的，第一个是被火烧过的隋飞飞。我虽没有黑花，红花却也只有一个，是我戴上眼镜后的第一次考试所得，像是我的名章，盖在跑道上，证明这条路是我的。

　　有一次一个女生自己搞了一个红花戳，放学之后，跳回到教室里来，偷偷给自己加上几个红花，可第二天就被和她红花数在伯仲之间的另一个女生发现。那个女生委屈地向老师报告说：我每天都要数好几遍呢。于是私刻公章的女孩儿的跑道上在红花之间多了几个醒目的黑叉，远看好像是化学药品包装上的骷髅头。

　　毕业那天，大家都来拿自己的成绩条，高杰却揣来一个大塑料袋，小心翼翼地把壁纸摘下来，装走。现在想来他是多么聪明啊，那张纸和与它有关的故事是一出多么坚决而荒谬的行为艺术。

　　我和高杰彻底决裂是因为一张贺卡。

　　初二的冬天，我的右腿断了。小腿向下，劈成两半。那天我正在操场上，由远及近地向一块隐蔽的石头飞跑，目的是抢到那只该死的足球。石头等在那，也许每个冬天它都在那，冻在冰的一角已经许多年，不知道它是否曾经伤过别的可怜虫，即使伤过，也没有人在它旁边立一个牌子告诉我应该绕行。那石头虽不大，竟像是老鼠夹子一样，中间是空的，而上下都很结实，一面是石头自己，一面和冰相连，好像是某个时刻一枚石头的种子落在冰里，长出这么奇怪的一个嘴的形状。我的右脚毫无防备地钻进嘴里，身子却还是向着球跑去，惯性使我那时候还十分柔软的上身折叠下来，头掉进两腿之间，看见了一片倒立的人和楼宇，耳边传来一声脆响，然后大脑进入一片空白。听说当时高杰扔掉手里的篮球，第一个向我跑来，大多数人都惊在当场，几个人之后告诉我，以为我一下子摔死了，因为高杰把我的头从两腿中间拔出来的时候，我的脸是白的，眼睛也闭得很紧。我恢复知觉后，发现自己在高杰的背上，走进一个飘着来苏水味道的房间，一个穿着白大褂的老太太和另一个戴着护士帽子的小姑娘说：《永不瞑目》演到哪了，放床上吧，欧阳兰兰死了吗，这孩子怎么了？我被她互相毫无关联的几个问题搞得以为自己的脑袋摔坏了，还好之后把脑袋到脚都拍了片子，只有右腿有事，需要打上石膏然后躺下三个月，三个月之后才能确定以后还能不能跑。

之后的几天晚上放学之后，高杰都骑车四十分钟，到我家来把老师们白天讲的东西讲给我听，我发现很多问题他讲得要比老师清楚，不单是简单的重复，而是一种融会贯通之后的翻译。我记得是第五天的时候，我的记忆深处突然涌出一件极其重要的对象，好像是一个地下党员从匪巢里全身而退之后，突然想起来裤兜里还有一张所有联络人的名单，而当时跑得匆忙，没来得及穿裤子。那是一张贺卡，是我为她准备的圣诞贺卡。那是 1998 年，圣诞节刚刚开始在东北几个大城市的学校里流行，几乎每个初中生都要和跟自己要好的男孩儿或者女孩儿相约，在圣诞夜的时候跑到街头，无所事事地走上半个晚上。这么一弄，似乎自己的情愫就能和耶稣或者其他什么高雅的神灵相连，镀上一层圣洁的颜色。我是不敢的，因为我既丑又穷，没有别人提点，我就已经学会识相地每天嘲笑自己：她无论如何不会和你走的。可我又心里痒痒，那几个字就像是一颗子弹，非得打出去才能安心，若是每天放在心里擦拭，迟早会嘭的一声走火，把自己打得够呛。我便接连几天在学校旁边的文具店游走，挑了一张很是素雅的贺卡，上面是一朵洁白的菊花，却是凸版，就算黑夜里送到她手上，她也能摸出是个什么图案。下面有一行英文，写着：You have a place in my heart at Christmas time and always。我觉得分寸正好。在草纸上练习了无数遍之后，我借了同桌的英雄牌钢笔在内页上写道：祝你圣诞快乐。旁边画了一颗心，画好之后我端详许久，觉得蓝色的心怎么看都有些忧郁，不会有好结果，又向同桌借了白雪牌的修正液，把心涂掉，于是内页上就留下了一句蓝色的表白和一团白色的神秘物质。白天的时候我把这张贺卡塞在书桌的最里面，晚上我把它夹在语文书里带回家。那天断腿，毫无意识地走掉，书包高杰第二天也带给了我，那张贺卡一定已经裸露在桌膛里。同学看了倒是小事，顶多是嘲弄我几句，我还顶得住，若是落在老师手上，可非同小可。那时孙老师正在搞连坐，一旦被发现，我的下场是没什么可以怀疑的，她一定还要审出对偶犯，她的处境就危险了，我相信至少有几个人是发现了我喜欢在上课的时候回头朝她看的。

　　高杰走进我的房间，把衣服叠成方块放在床头，说：老师把体活课停了，篮球足球都没收了，今天甲班一个男生也把腿摔断了，还是那块石头。我说：高杰，有一个事儿你一定得替我办了。他一边从书包里把书和笔记掏出来，一边说：我觉得她应该把石头没收了，和篮球足球有什么关系？我说：高杰，事关重大，你说什么也得替我办了。我讲话还是很少使用成语的，所以"事关重大"几个字一说出来，高杰把头抬起来说：什么事儿？我用手拽床单，上面有些难看的褶皱，怎么拽也拽不平，说：我给她写了一张贺卡，在书桌里，可能你帮我拿书包的时候没看见，我看了，书包里没有。他说：她是谁？我说：我后面两排左边那个。他说：白衬衫？我说：嗯，你也发现她爱穿白衬衫了？他说：你贺卡署名了吗？我说：没有，我原来想亲手交给她。他回手把门关上，说：早恋分心，而且，乙班在车库里被逮到那一对儿上个月不是给记过了吗？我说：我不是早恋，就是写了一张贺卡，你把贺卡帮我拿回来。圣诞节我已经在床上过完了，这卡我也不往出送了。他说：你刚才说，贺卡在哪？我说：在书桌的最里面，孙老师到现在还没找我妈，估计是还在那，你伸手一拿，就把我救了。他说：最近孙老师天天下午翻大伙儿书包。我说：那你就放学之前，拿完了就走。他说：如果正好被她撞见呢？我说：要不你稍微晚点走，等她下班之后？他说：她最近抓宿舍的早恋，不一定什么时候走。我有点急了：就是一个伸手，揣兜的事儿，有那么费劲吗？他说：我不像你，我妈除了家长会，从来都没来过学校。我说：你以为你妈没来过是什么好事情，你不就是比我们会装吗？你以为老师觉得你是好学生你就了大不起，你不觉得其实你挺假的吗？他一点点把书装回书包，说：这事我替你办了，眼看着要放假了，你也落不了几节课了。说完拿上方块衣服背上书包推开门，我妈说：高杰这么早走了？今天阿姨炖的鱼。他说：不吃了不吃了，阿姨，我吃鱼卡嗓子。我妈说：那我明天给你做别的，明天来啊，高杰。他说：来，来，阿姨，我走了。我坐在屋子里，一把把墙上的中国地图撤了下来，顿时满屋的灰尘，有几只蟑螂从地图后面钻出来，仓皇失措地向我的床底下跑去。

　　第二天上午，我妈我爸刚刚上班，有人轻轻敲门，我问：谁啊？没人回答，只是敲门声还在，轻轻地像是怕把门敲坏了。我没办法，只好从床上爬下来，爬到门边，贺卡从门底下钻进来，然后脚步声渐远。我把贺卡翻开，除了我写的那六个字和一颗被涂掉的心，底下多了两个字：是我的名字，几乎就是我的笔迹。

　　之后的一年，我和高杰再没说过一句话。

　　医生说我的腿再不能跑了，下楼时都要小心，骑自行车也要慎重。我爸哆哆嗦嗦掏出烟，又放了回去，我妈流下泪来。我却不管，还是踢球，下楼时也要故意迈起大步，剩下几级台阶的时候，一定要跳下去，然后像体操运动员一样向假想的观众扬手致意。自行车更是骑得飞快，虽然追不上刘一达，可也把霍家麟落得越来越远。一晃十几年过去，到如今我还是如此，只是刘一达和家麟已经不在身边，城市里也渐渐没了自行车道，自行车就不再骑了。可能当时医生担心的是，如果我跑得太快，我的腿会被我自己骑的自行车撞断吧。

一次我和她又谈起小时候的故事，关于那个圣诞节，她说她没有收到我的贺卡竟有点小小的沮丧，也许我之前不是在看她，只是别人发呆喜欢冲前，我发呆喜欢回头。我说，我因为那张贺卡丢掉了我最好的朋友，这么多年都没法再找回来。她好像想起来什么，翻箱倒柜地找了一气，从一个生锈的文具盒里，翻出一张巴掌大的铅笔画，画的竟是她，简直惟妙惟肖，衬衫像是被风吹动，下摆随时要轻轻扬起，目光也如同她本人，凌厉中，藏着自怨自艾的柔情。她说：这是那年圣诞节，不知道谁放在我书包里的，这么多年我一直留着，我那时候多利落啊。

我说，是啊，我也有一个。她说，骗人。

我从抽屉里找出来，画上的我正举着打上石膏的断腿，手拿《金瓶梅》，冲着画我的人，傻乎乎地笑着。

第三章　许可

刚刚升上初二，学校围起了铁丝网，网上装上了摄像头，教室里也装上了监控录像。这一定是花了学校一大笔钱。前一年我们学校的升学成绩糟糕，有几所并非早慧者组成的学校，成绩竟然悄悄地和我们接近了，而且108中有几个孩子在初三的时候被送进了精神病院，这样双重的打击让柳校长坚信要用更严密的手段控制学校里每个人的一举一动。而成绩下滑和出现精神病的原因都是一个：胡思乱想，不守纪律。铁丝网的功用是要把学生和紧挨着学校围墙的小贩隔离。这些小贩大都是各行各业的失败者，又不甘心饿死，就打起来学生的主意。有的卖饮料，这些多是老人，因为饮料和雪糕是最没有技术含量的商品，找到地方批发来，在家里冻好，就可以抱着一个纸箱子卖。这些老人的活动范围紧挨着操场，谁要跑得热了渴了，兜里又有些零钱，就走向铁栅栏，一般情况下都会有几个老人同时围在学生的周围，向着伸出铁栅栏的手塞进饮料，学生挨个摸一摸，买下一瓶最凉的；有的卖明星海报和花里胡哨的小本子，这些人一般都是中年人，知道一点哪些明星当红，哪些明星已经过气了，有的时候海报上是漫画人物，一度流川枫和仙道卖得最好，学校外面的小路上就躺了一地的流川枫和仙道，摆着姿势上篮或者投射。他们的位置是小路另一边，冲着学校把东西摆好，若想买，从栅栏里伸出手是不行的，也不会有人这么买海报和本子，都得走到近前在五颜六色中挑一挑，所以他们生意集中在课间和午休。因为这几年我们放学的时间越来越晚，下课之后的生意大多数人不做了，黑灯瞎火的，看不出来哪个好看，买的人就少；有的卖炸鸡排和烤羊肉串，这些人一般都是正当年，手脚麻利，反应也快，有的时候学生把摊子围起来，乱哄哄一片，谁交了钱还没吃上，谁没交钱也没吃上但是已经点好了，谁吃上了还没交钱，都得心里有数，稍一含糊就可能让一些小坏蛋钻了空子。有的时候城管来抓，卖饮料的抬腿就跑，卖海报的把毯子一卷，也抬腿就跑。卖鸡排和羊肉串的可不行，这些人多是夫妇，一个推着车，还得小心上面的炉子别掉下来，一个拎着锅和生肉，互相提醒呼喊着跑走。有的时候正赶上几个学生拿到了肉串或者鸡排还没给钱，这是让小贩最头疼的，一边喊着另一个快点跑，一边从学生的手里抓钱，同时还得目测城管和自己的距离以及城管推进的速度，有的学生故意磨磨蹭蹭找钱，他还得记住他或者她的脸，下次见到，把钱要回来。

当时我家已经搬到了市区里。在我爷爷去世十几年之后，我的奶奶在睡梦中死去了。她老人家生命里的最后二十年，渐渐失去了记忆新事物的能力。小时候日本人打进东北，她剃了个秃子，躲在高粱地里的事情她还记得清清楚楚，甚至记得那一天一边跑一边还抱着一屉饺子，可后来的世界她便完全与之分离，尽管我在一点点长高，我的父亲和母亲在一点点变老，可在她的脑海中，我一直幼小，而我的父亲母亲永葆青春。每次别人指着我，告诉她这个孩子是谁的时候，她都摇摇头，把手抬到自己的肩膀附近说：不对，不对，我孙子就这么高。她去世之后，我父亲作为独子，毫无争议地继承了我爷爷奶奶在市区里的房产，一间七十平米的老楼房。我史无前例地有了一间属于自己的屋子，和属于自己的抽屉，也史无前例地睡在一张叫作床的东西上面，不用再一边烧火一边跑过去摸摸火炕热了没有，而是开始学习怎样使用液化气罐。

这个新家的对面，就是我们城市的第一医院，直线距离不超过三百米，在我父亲躺在这个医院 21 楼 301 室 2 床之前，我从没有想到过这三百米是多么远的距离。

搬入新家不久，住上楼房的喜悦还没有散去，我的父母一起失业了。工厂终于彻底倒闭，他们的最后幻想随之彻底破灭，他们就此成为庞大的下岗潮流的一员。就在由于自己除了拧螺丝别无长技而犯愁的时候，他们俩因为来学校开家长会发现这些摆摊的人有很多和他们年龄相仿，有了灵感。回到家买了两口大锅，翻出我小时候的婴儿车。那辆车虽然陪伴我若干年，可我无法记起它的样子，在我爸把它从摆废物的小房子里拽出来的时候，我简直不敢相信我竟然在它的里面躺了好几年，它实在太简陋和破旧，就算是它是崭新的，也实在不太像婴儿车，而像是一堆不知所云的烂铁。我爸说：这是你爷买的，当时最好的。那时候咱家条件好，你爷有手艺，可惜你爷一死就完了。我没说话，我的爷爷在我印象里一直卧床不起，说不出一句完整的话，不但不能挣钱还一直在花钱。在他死后，我的爸妈不断讲述他的故事，主要是那时候我们家多么富裕，他多么疼爱我，把我当作掌中宝，可我就像记不起婴儿车一样记不起他，在婴儿车出现的时候，我记起了一点，我觉得它有点像我躺在床上的爷爷。我问：爸，你把这玩意找出来干吗？我爸没说话，把新买的锅放在以前我躺的位置，神气地说：我就说一定正好，你妈还说得改改。我说：你要推着这锅干吗去？这时候我妈妈从外面走了进来，提着一麻袋的生苞米，我明白了，从此以后，我学费就得从这婴儿车和锅里来了，他们俩准备开始卖煮苞米了。我当时的反应还不像长大之后那样迟缓，那时候我不喝酒也不抽烟，也不和各种各样的女人睡觉。我马上意识到两点，第一，这件事情的坏处是他们俩要比之前更辛苦，因为我看见过城管对付小贩的手段，就像是家长打儿子一样想怎么揍就怎么揍，这会让我念书这件事变得更加重要，不容有失。第二，这件事情还可能更坏，就是他们准备去我的学校外面卖苞米。这两点在我脑海中一闪而过，我差点哭出来，我妈看见我的脸在变形，说：儿子你不要担心，这点苦我和你爸吃得了，而且我们家离医大一院这么近，生意肯定不错。我马上把眼睛揉了揉说：期末我一定考好。我不知道为什么当时说了一句这样的话，可这句不着边际的客套话的效果出乎我的意料，我妈的眼泪流了下来说：你知道你爸妈不容易就行了。我马上哭了，结果我们三个人围在一起，哭了一场，他们俩哭是觉得儿子懂事了，而我是因为恐惧。

自从有了铁丝网，卖饮料的老人基本上消失了，卖其他东西的小贩每天被我们德育处的体育老师和城管驱赶，惶惶不可终日，终于也都不见了。教室的监控录像也渐渐起了作用，有几次正上着课，德育处的老师突然推门而入，把一个学生他放在腿上的漫画书抢过去，而那个人正把教科书竖着摆在书桌上当掩体，若没有监控录像，确实是很难发现的。这样的事情发生了几次之后，几乎没人敢在课堂上说话传纸条或者看课外书，老师们觉得课堂的秩序特别纯洁，柳校长也几次三番在全校大会上说：外面现在搞市场经济，我们也要搞学校里的市场经济，不要怕花钱，只要有效果，钱都是会挣回来的。你们一定要好好学习，认真考试，不要想其他的事情，那些事情你们以后想也来得及，现在就是要把成绩搞上去，这些设备的钱，实话说，都是你们父母的钱，你们要珍惜自己父母的钱，不要让学习的心血和父母的钱打水漂。每次老柳讲这个，许可都在我旁边叨咕：我们花钱监视自己，我们怎么那么傻逼呢？我说：我们就是傻逼，没他妈一个好人。他说：不知道柳校长近看什么样？我说：我也不知道，我每次看见他都是在主席台上坐着。许可是个大胖子，在我长大了之后，认识了很多中年人，才知道那时候许可的胖法已经和中年人差不多，所以以准确地说他是一个老气横秋的胖子。可他却喜欢踢球，哦，准确地说，他喜欢守门。我则喜欢射门，经常把球胡乱射在他肥胖的身体上，他好像不疼一样，捡起球来踢走，然后笑眯眯地回到门前。在我们学校围上铁丝网和装上监控录像的同时，足球这项运动被禁止了，或者说足球被禁止了。老师通知我们，足球及其他运动会让你们分心，就像是门外的小贩会让我们分心一样。所以足球和小贩一荣俱荣，一损俱损了。贯彻这项规定的办法就是，如果操场上出现足球，无论是谁的，无论是新的还是旧的，是停下来还是滚动的，是准备拿走还是刚刚带来的，通通没收，再不归还。没收之后的足球就摆在德育处的办公室里，规定下达之后没多久，德育处就摆了各种各样的足球，而操场则一个足球都没有了。其他班的男生，有的胆子大，趁德育处的老师不注意就跑进去把自己的足球偷了回来。老师们发现之后，并没有追查是谁偷的，而是找来一根长钉子，把剩下的足球都扎漏了。

　　足球被取缔之后，我们还是想出来了办法解决自己的脚痒。我们开始踢网球。网球的体积就是网球那么大，便宜，结实，被抢去，两块钱一个，再去买。这是网球的好处，坏处当然是太小，又太硬。刚开始踢网球的时候，很多人踩在球上摔倒，或者一群人围在一起抢了半天，发现球没有了，谁也找不见，被谁不小心踢到草丛里，或者掉进土洞里了。有的时候一个课间十五分钟，踢球三分钟，剩下的时间找球；有的时候有人一脚吊射，守门员手上一漏，掉进兜里。许可就是守门员，自从踢上网球，许可就从众多喜欢守门的人里脱颖而出了。因为他最胖，那时候我们的球门又小，几乎和他的身体等大，他挡在门前，只要把胯下看住，球是很难进的，他又不怕疼，有几次他被踢得很惨，脱了衣服身上像金钱豹一般，可他还是笑眯眯地好像是刚拔了罐子。但是网球最让我们害怕的不是这些，而是网球会踢到鸡巴，疼得让人想要咬人。

那时候我刚刚知道鸡巴的用处，除了撒尿，还可以像一个插销一样和女人的插座相连，隐入其中，两人合二为一，男孩儿不觉得自己多出什么，女孩儿不觉得自己空着什么，然后就会有很大的快乐跟来。这是刘一达告诉我的。一次他去书店，趁店员不注意，把一本书撕下一页。当他从兜里掏出这页褶褶巴巴的纸的时候，我以为他捡到了谁的情书，结果上面画着一朵花一样的东西，四面连着线，线的另一端写着一些我完全不懂的词。他说这是女人的生殖系统，然后开始逐一地告诉我构造。我听得不耐烦，说：她的生殖系统长什么样和我有什么关系？这时他果断地把手指向一个部位说：这就是你的鸡巴进去的地方。我倒吸一口冷气，说：我的鸡巴是我的，凭什么要去那里？他说：傻逼，你没进去过不知道进去的好处。我说：你进去过？他说：我也没有，但是这是科学，进去一定会舒服。然后他把左手的食指和拇指相连，摆出一个"o"，右手的食指在"o"里插进去，说：就像这样。我忽然相信他说的对了，因为他的手指动来动去的时候，我觉得自己的鸡巴有些烦躁，好像看到有人在模仿它的动作有些不快，我的心里也有点异样，好像尿尿的时候打了个尿激灵，有种电波在皮肤里穿过。自此之后，我开始重视自己的鸡巴，觉得它长成这样，丑了吧唧，竟然有这么大的能耐，应该刮目相看。有的时候尿尿，会多看它两眼。

突然有一天早上醒来，看见它在裤衩里抬起头，胀得像个小苞米，吓了自己一跳，怎么自己的两腿之间多了个小怪物，一会大一会小的。我没法喊我爸，问他如何让它变小，觉得他肯定不知道，这件事应该没在他身上发生过，一定是我病了。我心里一紧，想如果这东西病了，脱了裤子让大夫看，多他妈的难堪，我就用手拍它，拍了半天，手都拍酸了，它竟更大了，还有点舒服，我心想这下彻底完蛋了，得了病，耽误课，下回考试一定比上回更惨。一想到考试，它就渐渐蔫了下去，裤衩能装下它了，我才算渡过难关，但是还是有点担心，不知道这病什么时候会再犯。骑上车，背着一书包的恐惧，感觉到车座顶着我已经恢复正常的鸡巴，迎着风上学。走进教室，一眼就看见她，早上刚刚洗干净头发，发梢还有水珠，穿着白衬衫，手里拿着钢笔，歪着头溜号。我确信她一定是溜号了，虽然她手中笔在不停地写，她的眼睛对着面前的练习册，可我知道她的魂儿在别的地方。她不会记得她写了什么，也不会知道自己有多美，她就那么神游太虚，有点神秘，好像从一个干干净净的地方来，再也回不去了。我意识到自己又犯病了，马上把书包推到身前，挡在腰间，钻进座位，掏出教材，告诉自己：考试，考试，快想想考试，可怎么也想不起考试，只想再看一眼她。我的脖子不听自己的指挥，径直向她扭去，她的笔这时叼在嘴里，若有所思地上下颤动。我的病更重了。这时我看见她的头上就是高杰做的跑道，看到自己的跑道前一朵红花也没有，看到刘一达、隋飞飞的红花好像拜堂的红烛一样火苗越烧越高，我平静了一点，裤子也松了一圈。这时孙老师走进来，说：把海淀考王翻到第三十八页，撕下来。大家都找出尺子，把三十八页撕下来。她说：把书包都交到讲台。大家把书包扣上，放在讲台，堆得像个垃圾场。她说：四十五分钟把三十八页做完，想什么呢都，现在就做，八点交卷。我发现，自己好了，孙老师的声音一下让它变小了，比平常还小。

可是从此之后，这个病还是缠上我。开始是看见她穿了新衣服或者白衬衫换了款式就要犯，之后只要看见她就要犯，再后来，无可救药，想到她就要犯。这下子让我无处躲藏，眼睛可以藏起来，只要我把自己藏起来，眼睛就跟着藏起来，可思想却没有地方可以躲，它名义上虽然在我脑海里，可是完全不受我的控制，想去哪就去哪，想想谁就想谁，而且最要命的是，思想这东西最叛逆，你越是不让它想，它越是赌气一样想过去。本来我在这铁丝网里活着，喘气就有些困难，随便一个人就可以卡住我的脖子，向我提出批评，告诉我不该如此，失眠虽然还没有开始，但是已经有些呼吸困难。有时候站在校园里，看着偌大的操场和场边的荒草，大口地喘气，回到教室继续气若游丝地写题。这下子可好，自己又开始找自己的麻烦，每天和自己的思想较劲，这可不是个小工程，我就像忽然变成了两个人，每天扭打在一起，而应该的那个我却总是败给不应该的那个我。

这时候，许可救了我。

一天正踢网球，我一脚射在他身上，他捡起球，抬脚踢出来，结果踢得不够高，可足够快，就像他蹲着射出一枚肩上的迫击炮弹，我当时正沉浸在射门失手的懊恼里，这颗炮弹不偏不倚地踢中我的两腿之间，把鸡巴猛地踢进本该是两颗蛋蛋所占的空间，一个圆柱形和两个圆形突然间压在一起，变成了不知道什么形状。我感到两腿不可抑制地向中间并拢，膝盖如同有人从后面踢中腿窝一样向前跪倒。我没有发出一声叫喊就团在一处，给许可行了个五体投地的大礼。他向我跑来，把我的脸托起来，问：十环？我在牙缝里说：靶都让你踢漏了，我操，太鸡巴疼了。他说：是鸡巴太疼了吧。我说：操你妈的，你有这脚法守门真他妈的白瞎了。其他人看我还能骂人，就把我扔在那，找那个该死的网球去了。我说：别找了，在这儿呢。说着从手里把球扔给他们，那一瞬间我竟然把球夹住了。许可说：走。我弯着腰说：走不动。他说：那也得走，你越窝着越疼，你得让这疼劲在身上扩散，走走就好了。我说：你他妈的倒是拉我一把。他把胖手伸进我腋下，把我架在他半边肩膀上说：去厕所。我觉得对，就倚在他身上向厕所走去。进去之后，脱下裤子，鸡巴一片赤红，他说：瞧瞧，你鸡巴跟美国火鸡似的。我心里有点害怕，看起来伤得不轻。他说：没事，坏了哥们帮你修。我知道他没说笑话。他本来是分数不够的，事实上是差了一半的分数，他老爸送了五万块钱给校长，还答应给学校建一栋教学楼，价钱好说，他才成了这个班级里的一个。据说他爸是这座城市里最早的几个房地产商之一。这个胖子虽然是个贫嘴，但是为人很讲义气，因为家里有钱，学习又太差，所以也就没什么烦恼，朋友也多。他说：你尿尿试试。我说：一点尿也没有，都让你踢回去了。他说：我帮你吹口哨。说着就吹起来，是《友谊地久天长》，他竟然在这样的时候还吹出了一个曲子。我小时候倒是听过我妈的口哨，现在还记在脑海，那是一种没有曲调的刺激，带着威逼和催促，越是吹我越是尿不出来，一停下我马上尿出一大泼，我妈错以为是她的口哨起了作用，其实是她的口哨停下来起了作用。在《友谊地久天长》的旋律底下，我竟然真的尿出了一点，然后使劲甩了甩，甩出的比尿出来的多，但也总算证明这个功能还在。许可用大手使劲拍了一下我的后背，说：

我就觉得你那玩意应该结实，把球都夹住了。

　　下午，我拼命喝水，结果拼命上厕所，老师以为我是故意想出去溜达，后来就不让我去，等到了下课，一泼绵长的清尿证明了我的鸡巴不但把那颗网球生擒活捉，自己还毫发无损。第二天，我发现了新的收获，就是那个奇怪的病被这么一踢，好了。看见她挺着胸，扭着腰，播撒着余波，从我面前走过，虽然心里有些发热，嘴巴有点干涩，可两腿之间一点反应也没有。我试着让自己去想她最诱人的样子，那时候也只能想到她的衬衫有些透明，里面的小衣若隐若现，脖子里散发出天然的香气，我的思想把这些场景都透彻地走过了一遍，除了心跳加速以外，没有出现任何曾经出现过的病状。我顿感纠缠我好久的奇怪病症应该是把我抛弃，去寻找下一个可怜虫了。劫后余生的欢喜让我不知所措，觉得自己这下子应该对得起我爸妈卖出的一穗穗煮苞米，觉得自己的思想又开始听自己的话，服服帖帖，天地都开阔起来，就像下雨的时候虽然心烦，可雨过天晴之后觉得那场雨下得也挺好。下课的时候我拉住许可说：你太神了。他说：怎么个意思？我说：没有，我就是说你太神了，神医。他说：把你踢傻了？我被喜悦冲昏了头脑，毫不在乎这原来是我最大的秘密，说：你那一脚把我病治好了。他看我不像逗他玩，说：什么病啊？我说：前一阵子我那玩意有时候会变大，你肯定没听说过，就像是让打气筒打气了一样，现在好了，你踢完我之后，再也没变过。他瞪着我，有十几秒钟没有说话，好像看见了一个北京猿人在说英语。最后他小声说：你确定再没变过？我说：没变过，我试了，想了很多办法。他说：都是想的？我说：是啊，以前我一想就变，可鸡巴吓人了。他把我拉到一边，躲过教室门口川流不息的人，说：这样，你晚上来我家，我爸妈去请人吃饭不在家。我让你在我家看电影。我说：什么电影？听说今天晚上中央台演《九品芝麻官》。那时候没几个人回家的时候能够被允许看电视，可是不知道怎么搞的，大家都知道晚上会演什么，这让痛苦加深了一层。他说：不看电视，我家有VCD，能看外国电影。我那时候并不知道什么是VCD，但是直觉告诉我这三个字母组成的那个机器一定高级得不得了，而且我姥爷病了，我妈我爸都去第四医院陪床。我和姥爷不熟，一年也见不了几面。他是个疑神疑鬼的老人，"文革"十年的时候吓出了神经衰弱，之后毕生无法熟睡，经常因为各种各样的毛病住院。既然这么巧，四个大人都不在家，那两个小孩可以当家做主了。我说：好，晚上咱俩一起走。他又把声音压低了一度说：你别告诉别人，我烦人多，走了我还得收拾。许可从来都以光明磊落自居，有的时候中午还给大伙买盒饭吃，今天怎么像个小丫头？但是没关系，更显得我与众不同。我说：放心吧，明天我也不给他们讲。

　　许可的家离学校很近，他每天都是用脚走到学校，不知道为什么走了一年多还是这么胖，可能是走得太慢了吧。楼很不起眼，和这座城市里其他存在了十年以上的楼房没什

么差别，小区里面随处可见有人随手乱丢，没人动手收拾的
垃圾。庞大的自行车库躺在小区正中，一个面容有点像自行
车脚蹬子的老头儿坐在门口，手里拿着一个饭盒一样的大茶
缸。夜晚的风吹在他的脸上，皱纹随风起浪。许可对他说：
哎，哑巴。他张着嘴笑，发出"阿巴阿巴"的声音。许可
说：你咋还没死呢，哑巴？他张着嘴笑，继续发出"阿巴阿
巴"的声音。许可从兜里掏出五块钱，塞进他没拿茶缸的手
里，指着我说：我同学，晚上车放这儿。他把钱推给许可，
用力摇头，皱纹又抖起来。许可说：拿着吧，死了买身好衣
服。他马上把钱放进兜里，冲我摆手。我把车推进去，锁
好，他冲我笑，手还放在兜里摸那五块钱，嘴里发出"阿巴
阿巴"，好像是说：没问题，没问题的。我装作和许可一样，
从他身边走过去，看也不看他，可心里有些难过。

　　走进许可的家，我的眼睛有些不太够用。屋顶挂一个
金黄色的吊灯，像是童话里的水晶塔，只不过是反转过来。
客厅大得可以进行一场五对五的足球比赛，电视不像电视，
倒像是一面小墙，而且比我家的电视瘦，没有难看的大屁
股，沙发比我的床大一圈，可摆在这里却显得有点小，靠着
墙是一个两米出头的书架，上面的书都包着烫金的硬皮，好
像谁要是敢拿下来看就烫谁的手。书架的下半部分是一个酒
柜，里面的酒都装得满满的，五颜六色，不知道过期了没
有。暗红色的地板铺在地上的每一个角落，所有能看见的地
方都有地板，吊灯一照，泛出血一样的光亮。在靠着阳台的

角落摆着一个跑步机，我之前只在电视上看过这玩意，我当时想，什么人会傻到花钱买一部机器，在家里跑步，而不是穿上鞋子到外面去？毕竟鞋子比机器便宜得多。这天看见，觉得是有道理的，这玩意摆在客厅，果然觉得这个人家富得可以，也许富的证明就是买一些没用的东西摆在家里。卧室有多少个，我不知道，许可没有引我去看，但是我看见客厅中间的小路两旁有几扇门，料想门后面的屋子里肯定也有很多跑步机一样的东西。

许可看见我狐疑的眼神说：树大招风，住在这样的小区里安全。我爸盖这栋楼的时候，在地下挖了一个车库，一方面是为了他和我妈停车，一方面是万一有事能跑，他俩的卧室里有条地道通着车库。我以为他在开玩笑，可他丝毫没有笑，好像在说着别人的事情一样的平淡。我说：那你家的邻居家里也都这样吗？他说：当然不是，那样肯定会被人盯上，我家的邻居都是我爸挑过的，谁住在哪个单元，都是他定的，得确保每一家人都安全，对我们来说，安全。我的脑袋一时间陷入了停滞的状态，不知道自己身在何处，是不是我一直熟悉和痛恨的那个世界。抬头看硕大的吊灯发出柔和的黄光，觉得它随时可能掉下来，因为它实在看起来太不真实，和我家屋顶的黄色灯泡比起来。我就躲着它坐在沙发的最左的一侧，许可说：你往中间坐，茶几的水果随便吃，我去找碟。我就坐在沙发的一头机械地吃起葡萄，眼前的电视还没有启动，像一只瞎了的眼睛。许可抱着一摞影碟走过来，我注意到每一张碟上都没有封面和名字，光秃秃的像是面饼。他说：你想看日本的还是欧美的？也有马来西亚的。我说：打吗？每当同学向我讲起一部电影的好处，我都会问：打吗？他想了想说：可以说，打。我说：我没看过外国电影，看一部最打的就行。他又停下来想了一下，挑出一张碟放在电视下面的机器里，说：我进屋打个电话，你看你的，这些机器你别碰，看就行。我说：放心吧，我还怕过电呢。

客厅里就剩下我一个人的时候，电视里又出现了一个人，是一个老师，比孙老师漂亮很多，戴着眼镜，手里拿着教鞭，裙子很短，腿上穿着薄薄的丝袜，站在讲台上。她身后的黑板上乱写着字，看着应该是日语，有些字和中国字一样，有些字不是中国字，像是日本人的小胡子一样怪异和局促。我想这样的电影怎么可能打？又不敢乱碰连着一条条电线的机器，那机器看起来比我强大得多。镜头旋转，教室里坐着几个学生，可年龄好像比老师还要大，一个个表情诡异，有些不正经。我怀疑这是一部讲夜校的电影。紧接着，我永远都不会忘记的一幕出现了，老师开始脱衣服，学生们围过来，把手按在她的身上和腿上，性急的开始撕扯她的丝袜，几下丝袜就破了，然后她的裙子也被扯下来，露出几乎透明的内裤。这时她的上半身已经完全裸露出来，两只洁白的乳房的上面按着四只手。我顿时感到浑身好像要烧起来，脸上一定可以烧壶开水了。不知怎么回事，她的内裤也不见了，女人的私处第一次完整地出现在我面前，没有丝毫的遮挡，老师也没有感到受到不可饶恕的侵犯，而是仰着头，好像准备开始一场舞会。一个学生把领带松了松，然后把头塞进老师的两腿之间，舌头发出吃豆腐脑一样的声响。其他几个学生，纷纷脱下裤子，露出自己的鸡巴，我"啊"了一声，他们的鸡巴都胀得像个大苞米。事情突然在我脑海里明朗起来，刘一达的话，我的怪病，许可的用心，我几乎马上猜到之后要发生什么了。然后电影里就发生了。电影结束的时候，我的病已经彻底回来找我，虽然我知道我已经不能管它叫作"病"。

　　这时候许可正好打完了电话，从房间里走出，说：我一直觉得这部最爽了。我咽了口唾沫没说话，尽量让自己放松。他向我裤裆看了眼说：好了吧。我说：挺好的。你这东西哪来的？他说：有几张是我爸的，有几张是我自己买的。我说：还有地方卖这个？他说：三好街。我说：那地方不是卖计算机的吗？他说：有都是卖碟的，比卖计算机多多了，你往街上一站，装作像要问路，就有人过来问你：小伙儿，买碟不？他说这句话的时候，我并不知道他在模仿谁，之后我才发现他当时模仿得惟妙惟肖。然后他把碟从 VCD 里退出来，说：你别自己去，要不容易上当，有一次我买完回来，发现是《孙中山》，妈的，连续剧。我说：我不去。他一撇嘴说：装鸡毛。我说：不是装，我家没有 VCD。他一拍脑袋说：对啊。撤吧，我爸妈快回来了，他们俩最讨厌我往家领同学。我站起来，向门口走去，换上鞋子，看了眼吊灯，黄色的光芒照进我的眼睛里，我的心又是一阵狂跳。许可刚要关门，我把门扳住说：以后我还能来吗？他说：汪洋他们下回来的时候我叫你，你别往外说就行。然后把门关上，发出很大的声响。

走到自行车库，哑巴看见我，马上从椅子上站起来，领着我走进去，帮我挑出我的车，我看见他的笑容，心里又浮起刚刚的难过。在我要跨上车的时候，他把我拉住，指了指我的车轱辘，然后拿起打气筒帮我把车胎的气打满。我竟一言不发，待他打完，马上跨上车骑走了。

到家的时候，我爸妈还没有回来，锅里还有一些凉饭，我就点上炉子倒上水，煮了一锅粥。我记得应该有前一天剩下的榨菜，果然还有几块，倒进粥里，几下吃完，觉得身上暖和了许多。我第一次发觉我家的窗帘有些薄，若是有人站在外面贴着窗户向屋里面看，也许会看到些情景，我忘了我们家是七楼。我找来夏天的薄被，堵在窗户上，然后把门锁好，用力拉了几下，确定就算我爸在外面用脚踢也不会踢开。最后我回到床上，关上灯，黑暗里我的脑海中却十分的明亮，那个窗明几净的教室，那个奇怪的老师，那些不懂得尊师重道的学生，我脱下裤子，把手放在两腿之间，生疏地捏了一下，不一会就找到了窍门，随即就是倾泻，和电影中一样，虽然没有倾泻的对象，可对于我来说，已经是从未有过的无上的欢愉，重要是这种欢愉不用依赖于任何人的帮助，我自己就可以轻易获得，我好像在就要窒息的时候推开了一扇门，门后面是无限的氧气。

　　门响了起来，我慌乱穿上裤子，忘记了擦掉裤子上的污渍，几乎是从床上滚到门口，将门打开。若是我爸稍微把目光向我的下身移动，我可能会当场昏厥，可他没有看我的裤子，甚至没有看我，他像是刚刚出了车祸而毫发无损的司机，有些恍惚，微微颤抖走进来，我下意识地问：我妈呢？其实我根本不关心她在哪里，我只是觉得房间里应该有些声音才对。他突然把手放在我的头发上，说：把衣服穿好。我慌了神，回头去找外衣的时候，手不停地抖起来，这时听见他说：你姥爷去世了，我们得去医院。

　　我像是没有听见，背着身小心地把裤子擦干净，然后转过头，强迫自己流下眼泪，心里想：原来是，虚惊一场。

第四章　吴迪

在初三上学期，我们班发生一件惊天动地的轶闻，之所以称之为轶闻，是因为在之后的若干年里，它成为了老师们放在嘴边传诵的故事，每个亲眼目睹这件事的人，都像是给朋友们拍过艳照的陈摄影师一样，被闻讯赶来的同事和同学追问当时到底是怎样的情景，那个发了疯的妈妈到底在教室里奔跑了多少圈，那个残忍的学生到底是怎样在锋利的兵器下逃脱，向窗外纵身一跳的。也许人在危急时的表现和扮作女警纵情做爱时一样，都是难得的本我的展示，所以才会惹起许多人的好奇。有些老师声称自己看到了全部场景，每一句对白都记在心间，讲起来的时候自己可以扮演两个角色，先是追出去，然后又逃起来，有些学生也可以模仿那惊心动魄的一跳，双手抓住窗棂，抛回来一个哀怨而决绝的眼神，然后作势而下，以至于孙老师让隋飞飞把那扇窗户用胶条糊住，谁要是再敢跑到窗边情景重现，她放出话来说可以助之一臂之力，帮他完成全部的情节。这又惹来了别的麻烦，就是经常会有其他班的学生在下课的时候窜到我们教室里，然后指着有胶条的窗户，互相小声说：看，就是这扇窗户。可见真正精彩的往事很难因为一种强权而磨灭，总会有人因为对于血和泪以及曲折离奇本身的好奇而把它牢记，就像是一颗种子种在心里。但之后长成什么就很难预计，有的时候明明落入土中的是一颗黄瓜籽，多年后长出的竟是一棵大树，上面挂满了西瓜。我就亲耳听到一个比我小七八岁的初中校友，说起这个故事时，竟又加上了喜欢那个女孩儿的男生为她挡了一刀的细节，这让我着实惊喜，可见人心是多么善于铭记而又同样的擅于篡改啊。

　　初三上学期，是最可怕的时光，按照老师的说法，所有事情都在这半年决定，若你在这半年里还是没有起色，那他们也就免了救治你的责任，可以在你脸上刺上官字，发配你去一个不知名的高中，若你有些进步，他们也许会燃起对你的兴趣，使出浑身解数把你逼得更紧，若你不疯，也许会符合他们的期望，以一切都是为了你好的名义，为他们几乎丧失了微笑能力的脸上增光。可是否有起色这一点，需要更强劲的刺激，才能发现是不是有人的潜力在两年来还没有消耗殆尽，于是在我们这些人不到十五岁的时候，每天待在学校的时间超过了十七个小时，也第一次见识了一种叫作晚自习的东西，每天晚上六点到九点，漫长的自习课上，没有一分钟自习的时间，各种各样的老师粉墨登场，在你一天里最困倦的时候把已经陈述了几十遍的知识点再多陈述几遍，用无比单调的声音，因为他们其实也筋疲力尽了，可他们不会允许大家在教室里一起睡着。那一定是一个特别美好的场面，老师带进教室的不是书和练习册而是一个闹钟，然后站在讲台上一声令下：同学们，睡吧。率先垂范的当然是她，趴在讲台上迅速进入梦乡，我们马上纷纷效尤，教室里鼾声四起，直到闹钟响起，老师擦擦嘴巴上和讲台上的口水，说：下课。我们便四下散去，骑着自行车赶回家睡回笼觉，不外乎有几个还没完全清醒的同仁像流川枫一样在自行车上睡着，冒着气球一样的鼻涕泡。当然，这是我的幻想，每天晚自习铃声响起的时候，我都要幻想一遍，然后默念：不是书，不是书，是闹钟，是闹钟。没有一次灵验，而且老师带进教室的书越来越厚，有一次教化学的汤老师竟然抱着一大摞新练习册走进来，像表演杂技一样摇摇晃晃把练习册摆在讲台上，原来她要把这些练习册卖给我们。在她的大力促销之下，那时候对于任何商业模式和营销手段及其利润分配方式一无所知的我们，还残存着对于老师的一点点信任，纷纷解囊。汤老师是一个年逾七十的老人，除了握着粉笔的右手，其余部分完全松垮下来。马立业有一次因为把水的分子式写成了 UFO 而被汤老师骂得狗血淋头，说她的化学课配不上他，他应该去学天文学。他下课之后说：你看这逼松的，裤腰带能勒着扎儿。有人提醒他应该尊老，他说：也是，算了，不和她计较了，人之将死其言也善嘛。也许当汤老师把那一摞后来证明毫无用处的练习册强行卖给我们的时候，我们也觉得她的话至少有些善意在其中，即使发到手里之后，发现她的名字赫然印在编委一栏里，我们除了感到自豪，竟没有体察到一丝别的意味。

那天自习课当班的，不是汤老师，而是教语文的孔老师。我从未见过任何一个老师像她那样喜欢把仁义道德、三纲五常挂在嘴边，不知道是不是和她姓孔有点关系，她的面相看起来十分宽厚仁义，像是一只慵懒的水牛，而且她十分朴素，一件蓝底碎花的衬衫在盛夏里可以穿上两个星期，令每一个想向她请教问题的学生望而却步。初二的春天学校突然流感蔓延，老师和学生纷纷倒下，可能是老天看我们要撑不住了，用一个特别的方式让我们得以喘息，唯有孔老师戴着口罩给尚未倒下的学生坚持上课。这一招果然有奇效，第一，在之后不久的升旗仪式上，柳校长点名表扬了孔老师的敬业精神，说她是灵魂工程师里的楷模，是春蚕到死丝方尽、蜡炬成灰泪始干的典范，然后大家奋力鼓掌，孔老师穿着蓝底碎花汗衫站在升旗台上向我们微笑致意，柳校长边鼓掌边渐渐退后，离她越来越远。第二，原来她是老师里感冒最重的一个，没用几天，尚未倒下的学生几乎全军覆没。

事情发生的时候，晚自习已经开始了好久，孔老师一边强调《孔乙己》这一篇中考是定会考的，"他是用手走来的"，对不对，注意细节描写，鲁迅的细节描写是世界八大文豪里最好的，一边把手中粉笔头随意地丢向各个角落里溜号或者酣睡的学生。丢粉笔是她从业几十年来练成的独门绝技，虽然她的粉笔字写得七扭八歪，每日在黑板上笔耕不辍，到老竟然还得用尺子才能把一排中国字写齐，否则就要写出一个对角线，可丢粉笔这一招真是准得惊人，像我这般每日踢球之人自以为反射弧极短，可每次但见她一扬手，粉笔头已到面门，若你正在左顾右盼地说闲话，她便要断喝一声，引你向她看去，正恍惚间，粉笔头不偏不倚正中门牙。孔老师在讲台上行走这么久，下手总归有些分寸，要是径直扔进你嗓子眼，万一你嗓子眼小，不小心噎死，她就要偿命，她可舍不得拿自己这半条命和你的青春年华同归于尽；要是掷在你脸上，打出一个什么印记，家长来了便有了现成的证据，再怎么搬出三纲五常之说也不好解释，于是她便练成了门牙粉笔的绝活，让你不疼不痒，不留痕，无危险，不但吓你一跳，还恶心你一整天。她正掷得起劲，一时间教室里呼啸而过各色粉笔，弛废的纪律焕然一新。教室的门突然被一种大力轰开，一个中年妇女手拿一生锈的铁锹倚门而立，披头散发，上半身穿的什么一时不好分辨，因为实在太脏，下半身却穿了一条红裙子，艳丽夺目。突然之间的巨响已经把我们吓得够呛，我的同桌王黎雪一哆嗦，钢笔把《孔乙己》那句"他是用手走来的"划了个稀烂。再看这女人的打扮，恐惧更是绵延而来。夜幕沉沉，窗外早已漆黑一片，只有远处楼群点点灯火摇曳，教室的灯偏又应景地摇晃了一下，再加上门口这穿着混搭手握铁锹的女人，我这条胆子瞬间飘到爪哇国，腰间酸软，直想往桌底下滑。这时候孔老师已经全没了威风，忘了她手上还有半根粉笔可以向女鬼的门牙掷去，瘫在讲台上的椅子里，嘴里说：同志啊，同志啊，我心脏不好，心脏不好。女鬼说：去你妈的，谁是吴迪，给我站起来！我胆子一下子就飘了回来，倒不是因为这女人骂了我们话在嘴边但是三年间谁也不敢说出过的几个字，而是她一口纯正的东北口音，实在亲切。女鬼大多温文尔雅，幽幽怨怨，绝不可能泼辣，这人顶多是个阳间的疯子而已了。

吴迪就坐在我的侧后方，平时有些假小子性格，梳着短发，爱穿格子衬衫，还能打几手篮球，很受大家欢迎。毕竟是女子，我以为她应该在桌子底下避一避才对，可她噌地站起，说：我是吴迪，你找我什么事？我看见孔老师看见吴迪站起来，马上把眼睛闭上了，也许她在心里说：你个傻孩子，充什么好汉，连累我在还得在这儿装死。而吴迪的同桌陈志强却突然号啕大哭起来，简直泣不成声，把手里的语文书揉得像一打旧钱。我心里想：没想到你小子平常一副猥琐模样，这时候倒懂得怜香惜玉，就是哭鼻子实在太窝囊，好像铁锹要往你头上招呼一样，有本事往前站一站。那女人横端着铁锹向吴迪走过来，沿途几个学生想要把她拉一拉，可能是她衣服太脏或者铁锹看起来太锐利，这几人只摆了个架势。她走到吴迪身前说：你凭什么欺负我儿子？吴迪说：我不明白你说什么。她说：陈志强，你也给我站起来！陈志强擦着眼泪缓缓站起，她说：把衣服脱了。陈志强好像是中了咒语，木偶一般把上半身脱了个干净。全班同学一片唏嘘，像苍蝇一样，嗡嗡声把孔老师都惊醒了。陈志强的左胳膊和后背上，布满了小红点，但不像是荨麻疹或者水痘，像是谁用绣花针一个一个文上去的。女人说：你这丫头也太狠毒了，儿子，妈在这儿，你给我扎她。陈志强说：妈，回家吧。我从惊异已经变成了狐疑，心想吴迪扎人已经足够出人意料，陈志强甘心被她扎来扎去更让人想不明白，看那些红点颜色深浅不一，一定是扎了几个月才能形成的规模，陈志强不躲不闪让她在自己身上完成这么一幅宏大的作品只能解释成，他自己也陶醉其中，这么一想顿时身上出了一层白毛汗。更让人琢磨不透的是，她是用什么扎的呢，难道是她每天带着针线来上学？这么一想，她要比陈志强的妈妈更像女鬼一些。有几次打篮球我毫不留情地盖了她的帽，我可真是不知深浅的傻蛋啊。女人向吴迪伸出手：把圆规给我。原来是圆规，就地取材，如果老师发现大可以解释成俩人正在搞趣味数学，在对方胳膊上画圆。吴迪说：谁让他老上课摸我。女人说：胡说！我儿子谁也不会摸。吴迪说：他是变态，我扎他他说舒服。女人说：去你妈的，我扎你你看看。吴迪喊道：你儿子真的是有毛病！这句话好像是拉了炸弹的引信，女人挥着铁锹向她冲过来，看来此人谙熟铁锹的用法，一瞬间真是人锹合一，浑身没有一个破绽。陈志强也机敏得可以，像鼹鼠一样钻进桌子底下，附近的几个学生也都学着钻下去，包括我在内，只把吴迪一个人孤零零地留在地上。虽然从小在家附近看过无数的斗殴，上初中之后两点

一线几乎没在街上逛过，对于血光之类的情形一时间竟有些
生疏，看见大家都这么机警，我不能表现得像个傻子。而且
我真的有点害怕，那女人看来似乎确实会取人性命。吴迪手
里抓着圆规，一瞬间好像想拿圆规格挡，估计下一秒她马上
想到自己不是东方不败，对方却似乎和任我行一样宁可瞎了
一只眼睛也要报仇雪恨。就算她瞎了一只眼，我这么一个正
青春的女孩子脸上挨上一铁锹也不太合算。当然这只是我在
桌子底下的揣测，实际上的情况很可能是，下意识地夺路而
逃。这时我顺着七扭八歪的桌子腿向前看了一眼，孔老师的
脚已经不见了，若不是她因为过于淡定而浮了起来，就是她
已经不在这个教室里面。吴迪哭着在教室中跑了起来，剩下
六十几个学生乌泱泱地发出嗡嗡的声响，听不清每个人在说
什么。我从桌子底下出来，看见女人和铁锹还是那么执着地
跑在她的后面，顿时觉得今天要出大事了。吴迪突然止住了
哭声，回头把圆规向女人掷去，女人偏头躲过，脚下踩中一
个刚才慌乱中掉在地上的文具盒，摔倒在地，红裙子和铁锹
滚在一起，前额撞在锹头，血流在眼睛周围。吴迪却忘了这
时候可以从门跑出去，可能她刚才已经下了决心，时间太短
已经来不及修改，她冲到窗户边，向着窗外的黑暗里跳出
去，然后传来哗啦啦的声音，和一声叫喊，却是一个男孩儿
的声音。

　　我们向窗口跑去，看见窗户下面站着一个人，躺着两个
人。救护车来的时候，拉走了四个人。一个是甲班的男孩

儿，我记不起他的名字，他正站在墙根的树丛里在向他同班的一个女孩儿诉衷肠，求她能答应他每天一起回家，他愿意每天帮她把作业完成，如果说话不算话，天打五雷轰。这时吴迪落了下来，砸中了他指向天空的右手和正在表白的嘴。一个是吴迪，她断了一条腿和两根肋骨，脑袋也震荡了，摔在男孩儿身上的时候连叫喊也没有发出，就晕了过去。一个是陈志强，他和吴迪一样晕了过去，嘴角流出口水。可能是他光着身子在桌子底下蹲了太久，也可能是他看见吴迪跳下觉得就算不让自己偿命，至少也是胁从，或者是他觉得此人一死，身上的作品便无人完成，自己身上有几个部分是他自己说什么也够不着的。他的妈妈发现他晕过去之后，第一个拨通了120，救护车就是这么来的。第四个人就是陈志强的妈妈，她坚持要坐在救护车上陪伴着儿子，如果他在车上醒来，不至于再受到同车的吴迪的报复，而她脸上的血，她站起来的时候用袖子擦了擦，然后就似乎忘记了。

　　忘了过了多久，因为当事的两个人我都不熟，从没期盼过他们能原封不动地出现，也没期盼过他们从此不再出现，只是觉得一个晚自习这么过去，比听孔老师讲《孔乙己》有趣得多。之后的每个晚自习，经常会幻想那扇门被什么人撞开，发生一件足以占用整个晚自习的事故，可惜没能如愿。那扇门关得紧紧的，即使偶然被打开，也是教务处的老师来看看，老师和学生是不是都在。是的，确实忘了过了多久，当我都已经开始准备把这两人和那场事故还有对下一场事故的期盼一并在脑中删除的时候，他们俩几乎同时出现在教室里。吴迪的头发长了，不知是摔过之后知道了恐惧还是摔过之前知道了恐惧，她似乎有些忧郁，眼睛被头发挡住，若隐若现，不知是在看你还是在发呆。陈志强的头发短了，准确地说，剃了个光头，乍一看，前所未有地彪悍起来，可眼睛里还是那个胆怯猥琐的家伙，之前猥琐压倒了胆怯，现在胆怯压倒了猥琐，光头就显得可笑。孙老师把两人调得远远的，恨不得让他们俩出现在两个国家，可惜教室就这么大，每天两人还得呼吸同样的粉笔灰。除了这些，这件事情就像没有发生过一样，孙老师也没有当着我们的面告诉吴迪你不能再用圆规扎人，或者告诉陈志强你妈不能心情不好就拿着铁锹来学校追着人跑，她聪明地选择了遗忘，可惜越是这样我越是记得很牢，在我就要把这件事情遗忘的时候，她的沉默提醒我最好不要忘记。

　　这件事表面上的后果之一是那个站在树丛里的女孩休学了，我觉得这是合情合理的。当一个男孩儿正在向你赌咒发誓说他喜欢你，而你正在犹豫是否接受他的心意而背上早恋的负罪感的时候，另一个女孩从天而降，落在男孩儿的头上，两败俱伤，我想除了突如其来的惊吓以外，爱情的萌芽在这一瞬间破灭才是给予她的最大的讽刺。另一个后果就像是我所说过的，尽管当事人和当权者都选择了缄默，可事情还是流传得四通八达，而我相信第一个把这件事原封不动地说出去的应该是孔老师，因为这件事在老师中流传得明显比在学生中流传得快，这让她又一次成了焦点。有几次我去她的办公室领取属于我的批评，她都在用她一成不变的声音向语文组的其他老师讲着这个故事，脸上的表情却是相当多变，不像在课堂上那么肃穆。那一瞬间我有些喜欢她，女人都喜欢嚼舌头，老女人也许更是如此，生命的意义就是在把平庸的生活嚼得吱吱作响，直到把舌头吐出来那天，可在她眉飞色舞的瞬间，我觉得她有那么一点像我的邻居或者某个我熟悉的长辈，一个真实而正常的老女人，而不是站在讲台上似乎没有体温的蜡人。可惜几次进去的时机都不巧，听见的都是故事的开头，不知道后来她怎么讲述自己当时的表现。

陈志强从此一蹶不振了，虽然他曾经在大家面前展示了自己华丽的文身，可这种虚名对于他来说已经无济于事。他迅速地被孤立起来，女孩子怕他，觉得他恶心，男孩子鄙弃他，觉得他不丈夫，摸就摸了，扎就扎了，摸得就扎得，不亏，可你把妈妈引来，却是大大的不对。我们那时虽然大部分人都接近于神经的临界点，随时可能做出自己想不到的举动，可大家似乎都相信，发生在教室里的事情就在教室里解决，关起门来骂一通，打一顿，把书摔在对方脸上，揪对方的头发，只要关起门来，都可以原谅。你家里的当权者破门而入，侵入属于我们的空间，把属于我们的女生逼得跳楼，这是破坏了属于我们孩子的规则，超出了游戏的范畴，而成为了一种我们没法制约的暴力。我有时候觉得我们就这么把他在有限的空间放逐，有些残忍，毕竟我们当时不是吓得钻进桌子底下就是吓得连钻桌子都忘记了，可每当我看见他的脸，我就知道就算我们收留他，让他回来，他也不会原谅自己，他已经把自己放逐了，我们只是把此事追认了而已。毕业之后，此人再没有音信，无论是走在街上，坐在饭店，躺在洗浴中心，或者在各种各样虚拟而实名的网络空间，我都没有见过他，他应该是在毕业那天长出了一口气，然后头也不回地走进新的社群，让我们和我们所记得的事情在他的生活里彻底消失了。

吴迪的故事要长一些。我不知道她的父母对这件事情做何感想，看来是选择了不了了之。也许是因为如果你在这个节骨眼闹一场，把一个其实已经不小的纠纷继续搞大，也许你会得些钱，或者让对方付出其他的代价，可这样对于中考是不利的，但凡一个考试，最重要的是心如止水，我相信吴迪的父母是为了让她心如止水而心如刀割地让此事在家长之间消弭了。

自从吴迪的头发长了之后，她便从一个假小子变成了真女人，带着幽怨的气息坐在我的侧后方。成绩一如往常，看来应该会考上一个一般的高中，事情发生之后她的成绩更是稳定在班级的中下游。可因为一些我自己也无法言表的原因，我有些怕她，不是怕她不小心言语不和而拿圆规向我扎来，而是觉得她的圆规已经倒转过来，朝向自己。我们这个班级因为顶着天才班级的名号，大家都希望自己有点天才的样子，可似乎天才的定义在这里有些扩大，老师们几年来不断想让我们相信，天才就是你不但要聪明，而且要正确。正确的意思就是按照他们定义的标准在班级里活动，若你只是聪明而不正确，那你就和希特勒、蒋介石是一个品种，越是聪明越是祸害，放出去就要为祸人间。我就曾指着历史书上蒋介石的照片，说：这家伙长得不赖。老师听见，指着我说：你哪只眼睛看出他长得不赖？他的手上沾满了共产党人的鲜血。我马上点头认错，觉得自己不该从一个刽子手的脸上看出美。放学时候骑车回家，忽然觉得有些不甘心，一个人的正确与否和他的美丑有什么关系？就像是我揍了张三一顿，却被另一个张三因为我揍了和他同名同姓的人而寻仇。吴迪一直以来是一个口碑极好的小姑娘，因为她的男孩儿性格，男孩儿女孩儿都愿意和她一起，可被人摸过了又把人扎过了之后，她就不正确起来了。大家倒没有像对付陈志强一样，让她觉出人群之中的孤独，毕竟她的行为属于复仇的一种，可大家还是不太敢和她走得太近，至少我，如果她在玩篮球，就会犹豫要不要过去玩，一般情况都会选择还是踢足球吧，她可是敢下手扎人的。她曾经大大违反了正确的定义，无论现在看起来多么正常，也是一个危险的人。现在回想，那时候班上的每个人都有秘密，之后陆续地被人知晓，或者有些已经被彻底地掩埋，但我相信每个人都有不能和别人讲的不正确的故事，只要是人，虽然我们已经足够笃信和努力，却似乎无法做到那时候所要求的正确，只是她的秘密不小心被揭开，在所有人面前，就算我们和她是一样的，可面对公开的不正确，我们大都下意识地怀揣自己隐秘的不正确而向后躲远一些。

初中毕业之后，她和我升入了同一所高中，我那时候的失眠症已经好转，准备选择像大多数人一样，无赖一般地活着。我学会了抽烟，每天中午在学校的厕所里和一干人等吞云吐雾，每当这个时候，我都觉得自己好像属于了某一个群体，一个和初中班级不一样的群体。我相信很多人跟我一样，开始的时候并没有体会到抽烟的快意，只是觉得用一种损害自我健康的方式宣告自己是无所畏惧的大孩子。我都不拿自己当回事儿，我还怕些什么呢？

吴迪开朗了许多，头发还是长的，课间的时候经常看她在篮球场跑着，把头发盘在头顶，像是一个道士。高二那年，她的模样开始起了变化，不知是头发越来越长的缘故还是体内的某种激素开始活跃起来，或者两者是因果关系，她变得漂亮了，身体也比其他女孩儿早一步呈现出令人遐想的曲线。有几个哥们找到我，问我她初中时候长什么样？我说：妈的，像条黄瓜，上下一边齐。那几个小子乐了，说：看来她现在真需要条黄瓜。我说：早知道她能长成这样，我应该早早地培养她，她就坐在我后面。这时我想起了陈志强的遭遇，觉得还是他的眼光长远，只是有些操之过急了。有一个叫作李元峰的小混混，比其他人认真一些，一天他递给我一支白沙烟，说：你能不能帮我问问，我想和她处处。我等着他把烟点着，说：这你得自己问，别看我和她一个班，其实我和她不熟。他说：听说她初中的时候跳过楼？我说：不知道，没告诉你我和她不熟嘛。他点点头，说：有点意思。这是他的口头禅。后来他真的去问了，被骂了个狗血淋头，他说那小姑娘的骂人话简直层出不穷，把包括他在内的所有男人都骂了一顿，我说：有点意思没？他说：没意思，那逼可能真跳过楼。之后很少有人再去问她能不能处一处，不单是因为她骂起人停不下来，还因为大家发现她经常和一个有点男孩儿模样的女孩儿拉着手在学校里遛弯。又过了一阵子，大家已经可以确认，那女孩儿就是她的男朋友，因为有人看见在学校的锅炉房旁边，那个女孩儿在吻她的脖子。这在我们学校不是稀奇的事情，女孩儿之间的事情通常不被禁止，因为确实不是那么容易界定。当然，有很多男孩儿表示遗憾，觉得有那么点暴殄天物，毕竟两个女孩儿可以帮助两个男孩子，而她们互相帮助就使大家丧失了两个很好的机会。

　　以后的故事我就不知道了，我只知道吻到了脖子。

第五章　安娜

我和安娜相熟完全是偶然。

初中在一个教室里坐了三年，一共没有说过三句话，我记得其中一句还是"借过，好狗不挡道"。她就是爱如此讲话，大家都拿她没有办法，因为她是个彻头彻尾的坏学生，如果刘一达代表着一座耸入云端的灯塔，那她就是深入地下的下水道。那时候她时常不来上课，在街上和其他学校的男生溜达，有时候上去扯男生的头发，很用力那种，揪住了还要晃一晃，男生就这么被她牵着，脸上还赔着笑，好像是得了某种殊荣。有一次，我被老师留下写题，写来写去却怎么也写不完，倒不是我不努力，我也想早点回家睡觉，虽然不一定能够睡着，但是至少要在我最疲劳的时候躺下，而是我不懂数学，又偏执，被一道题难到，无论如何也要想出个所以然，就算整个卷纸只得到这一道题的分数，我也在所不惜，丝毫不觉得有什么不合算，而那天的那道题又恰巧是卷纸上的最后一道。老师看我有写到第二天一早的苗头，就说：你写完再走，明天早上给我。记得把教室门锁上。然后就走了，看来是饿坏了。我依稀听见她的话，可眼睛还是盯着那道题，心想今天咱俩只能活一个，我一直觉得一道题被破解的时候就是它的死期。打更的老头儿来敲门的时候，我已经算了四个小时，用了我所能找到的所有草纸，就在门响的一瞬间，我忽然明白了原来这道题的死穴是一个极其简单的定理，可我偏巧觉得一张卷纸的最后一道题不应如此简单，出题者真是个心理大师啊，相对我们这帮天真的孩子来讲。我长舒了一口气，心想若是刘一达或者隋飞飞或者随便一个前五名的学生来解，用不了一分钟就可以交卷，一转念，又觉得他们的心机也许比我更重，弄不好想得更复杂，也许苦头比我吃得更多，心情忽然舒畅了许多，觉得自己无意中发现了一条真理：有时候越聪明的脑袋越是脖子上的负担。

走出校门，看见路灯下面有两个男孩儿打在一处，一个揪住另一个的头发用拳头捶他的眼眶，打得另一个男孩儿一边用脚乱踢一边频频眨眼，可他的头发实在太长，使对方揪得十分趁手，几乎没有还手之力，估计只有等对方打累了才能逃脱。安娜就站在两人近前，哈哈大笑，我担心她一口气没有舒理好就要先于打架的两人受伤。她一度笑得蹲在地上，用手掐着腰，在笑的间歇费力地说：我让你打他的嘴，你打他眼睛干吗？打人的男孩儿恍然大悟，把那人的脑袋移了移，使其嘴完整地暴露于灯光之下，说：宝贝，你看好了。挥拳朝那人的嘴打去，然后就是和声一般的惨叫，被打的人坐倒在地，脸上挂满了血，另一个抱着手在地上跳来跳去，看来那人脸上的血有一部分是属于这只手的。安娜笑得更厉害了，好像刚看了一出二人转一样。

我赶紧推着车贴着墙走掉。

初中毕业之后，她家又花钱把她送去了一个不错的高中，那所高中在城市的另一头，和我的高中正好在这座城市的对角线的两端，所以高中三年从来没有在任何场合偶遇过，也再没有看她笑得像那天那么开心。我几乎已经把这个人忘记，她就像是一个森林里的小兽，阴差阳错地跑到我们的笼子里转了一圈，发现无趣之后就欢快地打开锁，跑掉了。

之后我跟跟跄跄进了一所大学，虽是三流，可名字里怎么说也有大学两个字，让我爸妈的心情多少平复了一些。煮苞米的生意已经败落，他们俩又相互扶持着卖起茶鸡蛋，虽叫茶鸡蛋，可大部分是没有茶叶的，超市里卖一种类似于茶叶的调料，便宜得很，放一勺进去，一锅鸡蛋就都有了茶叶味。可他俩却偏偏不敢骗人，似乎觉得骗了人自己前半生的修行就毁于一旦了，我家的茶鸡蛋是那条街上唯一用真正的茶叶煮出来的，茶叶当然是最低等的那种红茶，成本却也比同行高出许多，我偶尔也吃几个，感觉还不如别人的好吃，这让他们俩十分沮丧。经常有人回来找他们，指着他们的鼻子骂他们的茶鸡蛋是假的，因为和别人的不是一个味儿。我劝过几次，说了些十分在理的话，可无济于事，说到后来我爸都要抛出一句：别看我卖茶鸡蛋，可我一辈子是共产党的工人。他把这些搬出来，我除了哑口无言，投以同情的目光，别无他法。我想指出现在你所信仰的组织已经不管你的死活了，可这样的话一旦说出口，一定是一顿臭骂，说我把书都念到狗肚子里了。反正我一年到头大部分时间不在家，除了要钱的时候打一个电话，我几乎不知道家里具体是什么状况，钱还够支持多久，是不是已经有了外债。他俩的辛苦我心里清楚，已经很多年没有睡过一个有头有尾的觉，可我只有催眠自己，让自己假装什么也不知，把这该死的书念完算是拉倒吧，这也是他们俩除了党以外，唯一的信仰。

　　进入大学的第一个夏天，热得好像是在微波炉里，温度已经不单是能用皮肤感觉到，甚至就在眼前飘浮，远处的树木变得弯弯曲曲。课大部分时候是不去上的，老师们也知道自己的职责，一年年把课时完成，等自己渐渐老了，职称也就水到渠成地升上去。一些心理失衡，极其希望得到重视和注意的老师会偶尔点一下名，他们知道学生背地里会把他们骂得很惨，连累家人也要被人挂在嘴边，可比起他们自己的虚荣心，这些虚无缥缈的诅咒算不了什么。只有这个时候，我们才气喘吁吁地跑进教室，老师看见我们的样子，就像是坐在金銮殿上享受群臣跪下磕头一样满足。一想到大学四年就要这样混下去，我心里感觉十分惬意。有生以来第一次感到自己的生命好长，可以按照自己的想法，胡乱活个几年。

一天晚上正睡得烦躁，浑身是汗，褥子上也已经黏了一层，躲也无处可躲，可还是费力地翻来翻去，妄想找到一块干爽的布块好让自己赶快睡去。寝室的电话突然响了，我拿起电子表看了一眼，凌晨三点十五分。这块电子表还是我小学时我爸送给我的那块，不知道为什么这么多年就是坏不掉，没办法就有了感情，一直带在身边。我喊：老三！老三！赶紧死过来。老三的女友是他的老乡，因为弟弟要念大学，她就留在农村当了老师。这姑娘有些妄想症，老是怀疑老三进了城就要腐化，半夜出去和别人睡觉，经常半夜打电话查岗，这让我们决心把他们俩搅散，好能睡个安稳觉。老三从床上爬下来，一边赔不是一边把电话拿起来说：我在呢，你个神经病。电话那边突然骂声大作，老三登时醒了，认真听了几句说：老二，找你的。其他两人马上从床上坐起来，盯着我看，因为电话那头明显是一个女孩儿的声音。我下床的时候，心想老三你若是敢消遣我，我一定让你生不如死。拿起电话，那头说：李默？我说：是我，你谁啊？她说：我操，我可找着你了，我是安娜。我说：你是什么，要安什么？她说：我就知道你他妈的一定不记得我，我是你初中同学，安娜，坐在第三排，老梳一个刘胡兰的头。我心想：那时候谁他妈的不梳刘胡兰的头。可我已经想起来，她插着腰笑的样子就像是一座海底的城市一样，一点点地浮上来。我说：我知道，知道，这么晚了，你最近怎么样？她说：你说的叫什么话，我在学校的东门，拎了一堆的东西，搬不动了，打了几个电话，那帮死男人都他妈的关机，要不就说没在学校，你赶紧来接我。我说：你怎么知道我电话的？她说：鼻子下有嘴，不会问嘛？你到底来还是不来，不来我再找别人，就不信没一个仗义人。我说：你别找了，我过去，五分钟。她说：你跑两步，三分钟就能到。说完把电话挂了。我赶紧把背心脱了，套了一件 T 恤衫，跑到门口想起来下面还穿着裤衩呢，又跑回来穿上裤子。这回跑出去的时候，老三在身后问：给你留门不？还没等我回答，他说：还是不给你留了，你争点气。我懒得和他废话，跑出去的时候才发现，外面竟然有风。

身上的汗被风一吹，好像轻了。看见东门，却没有看见她，东门很大，学校把它砌的像是凯旋门，有些教室连桌椅都凑不齐，竟然还有这么一座门站在这儿，每次看见它我都猜想没人能从这里凯旋。跑到近前，才发现她真的在那，夜晚和门一样大，把她显得很小，她又穿了一件黑色的上衣，上面写着一个大大的粉色的 "sweet"，头发也是黑的，又黑又浓，披在肩上，好像是脖子上扛着黑夜的一部分。她的腿边围了几个大包，五颜六色，不知道她是怎么把它们弄到这儿的，然后筋疲力尽了。她站在这座荒凉的校园里，没有一丝小时候和刚刚电话里的霸道，而是孤零零的，好像被所有人抛弃在旷野里。我走过去，闻到一股酒气。她说：你怎么这么瘦了？我说：我小时候也这样。她说：不对，你那时候是个小胖子。我说：怎么？怕我搬不动？她说：搬不动就多搬几趟，你那时候肯定是个小胖子，小朋友，这些年你是受苦了吧。我知道她醉了，虽然她固执地瞪着眼睛，尽量不让自己摇晃，可看起来一迈步子就会摔倒。她没有摔倒，而是蹲下吐了，可没吐出什么东西，只是哇哇地发出呕吐的声音。我拍了拍她的后背，手指不小心碰到了她脖子上的肌肤，赶紧把手往下挪了挪，她好像没有觉察，我觉得明天一早她就应该忘记是谁把她送回宿舍了。她站起来，说：那帮傻逼比我还惨，你信吗？我说：他们是不是已经死了？她笑了，嘴角还有唾沫，说：我住南五。我说：挺近的，你自己能走吗？用不用我先把你搬过去，再回来搬东西？她说：六楼。你搬得动我吗？我知道她开玩笑，说：我一只手就把你拎上去了。走吧，现在走，天亮之前还能到。她狡黠地看了我一眼，摇摇晃晃地走在前面，看起来不会摔倒，只不过因为不走直线多走了不少冤枉路，我提着包跟在后面。到了寝室楼下，她挥拳把看门的阿姨敲醒，然后指了指我说：我朋友。那女人好像没有看见我，把锁打开，然后回去继续睡觉。她突然一屁股坐在地上，用手朝天指了指说：603，你先搬到门口。等我从楼上下来，她还坐在原地，十分自在，好像这儿才是她的卧室，楼上那间是她的客厅。她朝我伸出手说：把我拎上去吧。我看她的眼睛不像是开玩笑，才知道刚才她也不是在开玩笑，我说：你要再轻一百斤，我还拎得动。她说：谁让你刚才吹牛逼？我说：好几年不见，你一个电话我就来接你，你听我吹句牛逼也不算吃亏。她说：我不管，你就得把我拎上去。要不我睡这儿。说着仰面朝天躺在地上，我一时不知该如何是好，静默的时候大厅的声控灯灭了，我怕她趁机真的睡下，说：拎，我是拎不动，我背你吧。她坐起来，这回伸出两只手，手指又细又长，好像是假的。我蹲下把她背起来，她轻得好像只有一副皮肤，没有五脏六腑。两只手交叉之后抓住我的两个肩膀，像是要永远不下来似的。背到三楼，我感到再迈一步就要气绝身亡，说：你下来，我喘口气。她说：我不下来，你要扔下我。我没办法，只好又鼓足一口气，把肺子撑满，几乎是跑着冲到六楼，把她放在门口之后，我发现汗水已经把我的眼睛挡住了，脸皮都是麻的。她掏出钥匙把门旋开，用脚把那几个包推进屋里，回头对我说：进来吗？我累得耳朵已经聋了，说：啊？她又说了一遍：进来吗你？屋里没人。我心想，她醉了。然后想了许多进去之后的情节，说：改天，我就住在你对面。她说：改天就是没有那么一天，进来吧，我吐醒了，给你弄点吃的。然后走进了屋里，走进了黑暗里，我心想：都熄灯了，你怎么给我弄吃的。可腿明显比我的脑袋坚决，还没等我发出信号，就擅自走了进去。手也突然灵光起来，很自然地把门带上了。

屋里没有一丝光亮。

她说：坐。我说：好，你忙你的。我站了一会，才看见椅子。摸过去坐下，似乎是刚才遮住月亮的那块云彩过去了，月光照进来，桌子上摆了各式各样的化妆品，还有一个剃须刀，地上丢着衣服裤子，床在桌子顶上，和我们的寝室一样，侧面是梯子。梯子上放着一个盆，盛着半盆水，下面那个台阶放着几本漫画书，月色不够，我看不见名字。她果然没有再吐，也没有因为绊到地上的障碍物而摔倒，而是巧妙地闪展腾挪，四下找吃的。我说：别找了，我不饿。她说：我记得有点巧克力，可能我前几天给吃了。随即是和月光一样寂静的沉默，我刚想站起来告辞，因为这情景实在太过奇怪，我甚至不太认识她，只是有一个初中同学的名头，而现在我们俩待在一个黑暗的屋子里，床就在头顶上。她说：哎，你把眼睛闭上。我说：我睁眼也看不清什么。她说：闭上。我照办，女人让你闭眼的时候你最好照做，这是从电影里学的。我听见东西被移走的声音，然后是脚步声，然后是被子甩起落下，我鼻子里灌进了床笫的灰尘。然后是衣服和皮肤分离的摩挲声，然后一只手按在我的头顶。我睁开眼睛朝上看去，她已经躺在床上，身子在被子里，一只洁白的手像是一挂纤细的瀑布一样自上而下浇在我的头上，她说：走吧。我站起来，不知道是失落还是解脱，反正心里有些地方被虚空占据，觉得这样最好，可又觉得为什么非得这样。我从那只手里走出来，把门打开，外面的灯听见响动亮了起来，她说：谢谢你，你人挺好。我说：你还不如直接说我是个傻逼。她说：你可能之前是个傻逼，之后也是个傻逼，但是今天晚上你是个好人，我睡觉之前很喜欢有人陪。我说：你要是把"之前"两个字去了我听着会舒服点。她笑了，说：改天，今天你太累了。我也笑了说：改天就是没有那么一天。然后冲床上挥挥手，走了。

走到我自己的寝室门口，我才发觉，我甚至都不知道她的电话。

之后每当寝室的电话响起，我都想是不是她又站在学校的东门，等着我去接她。可都不是，大部分是老三的女友，后来渐渐加上老大和老四的女友，我虽然叫作老二，可他们经常嘲笑我的老二几乎没用过，我不置可否，因为我确实拿不出证据证明用过它，除了那天晚上，可那天晚上的事情我又不愿提起，因为每次想到就好像回到了那个场景，一只手在我的头上，月色虚空。老三到底还是和乡村教师好了下去，有时候午夜的电话少了，老三就要从睡梦里醒来，拿起电话打过去：干吗呢，睡吧睡吧。升到大二，大家陆续掌握了大学里的要领，原先喜欢上自习的几个男生，也都开始足不出户地打起电子游戏，我则每天大部分时间睡过去，醒来的时候出去走走，漫无目的地乱逛，失去了小时候那种单一的目标，人生的目的忽然模糊起来，本来觉得生命很长，可以开始挥霍，可挥霍了一年之后，觉得毫无意思，时间太长，挥霍到什么时候是个头儿呢？不如此挥霍又去干些什么？干什么是有意义的？还像高中时装作无赖一样？无赖其实很需要些目标，喜欢钱，喜欢陌生的女人，喜欢打架，总得喜欢点什么，我却什么也不喜欢，无赖也装不长的。人生好像突然从我面前把自己隐藏起来，而我翻遍了每一个角落，却还是找不见她。

　　暑假又来了，我躺在家里的床上，等着锅里的茶鸡蛋煮熟，然后用毛巾把锅包住，给我爸妈送到摊子上。夏天的生意不好，除了真正喜欢吃鸡蛋的人，谁会顶着太阳吃和太阳一样又圆又烫的茶鸡蛋呢？所以一到了夏天，他们俩只能寄希望于真正饥饿同时又真正爱吃鸡蛋的人，而这样的人通常是从外地来到医院看病的农村人。从某种程度上讲，到了夏天，我的学费是从农村人的兜里出来的。家里的电话响了，这部电话是我妈在我上大学之后下决心配的，为的是她能够找到我，我在需要他们的时候也能找到他们。在假期的时候，这部电话几乎是不会响的，我通常在家里躺着，他们通常在医院门口站着，若是有什么需要，其中一方走几步就能够见到了。所以我吓了一跳，响了五六声之后，我才把电话拿起来，电话那头说：李默？我的心剧烈地跳动起来，如果不是我嗓子眼小，它几乎要跳到我的脚面上。我说：你怎么知道我电话的？她说：鼻子底下有嘴，不会问吗？我说：你是不是又拎了很多大包？她说：我再也不买那么多东西了，就算买了，也得找个胖子来帮我拎。我说：我现在已经是个小胖子了，你找我什么事儿？她沉默了几秒说：你能来看看我吗？我说：你病了？她说：没有，就是想找人说说话，你来不来吧，不来我找别人。我说：你应该学会在向别人提出请求的时候，稍微温柔一点。出乎我意料的是，她马上温柔地说：李默，如果方便的话，我想你来看看我，陪我说说话……我打断了她的话，说：你还是正常说话吧，太吓人了，我去哪找你？她说了一个地址，是这座城市里最早的一片别墅区。非常好找，因为一共没有几栋房子，互相离得还很远，可能是跟美国或者加拿大学的，可是学的时候忘记了把路修好，那里就变成了极其荒凉的去处，好像只有骑马过去才和那里的气质相匹配。我是打车去的，在我把那锅茶鸡蛋送给他们俩之后，我向我妈伸出手说：给我五十块钱。她掏出四张十块的和两张五块的，没有问我用来干什么，只是说：够吗？我说：剩了我再拿回来。我走出了几步，听见她在后面说：晚上回来吃饭吗？我知道如果我晚上回家，她会炒一个菜，如果我不回家，她会煮一锅粥，然后和我爸吃上几个茶鸡蛋。我说：回来吃。她不对我说话了，继续对医院门口来来往往的病人或者家属喊起来：一块五俩，两块钱仨。

　　她在门口等我，气色非常差，好像站在风里已经好久，脸都给吹干了，眼睛也吹进了土。我随她走进去，这座房子很大，大到让人觉得不是一个家，里面随处丢着东西，衣服、裤子、袜子、内裤、书、毛笔、相册、墨水丢了一地。走过厨房，我看到厨房里的桌子不是桌子，而是一个翡翠的浴缸，上面铺着木板，木板上有几盘已经凝固的菜。突然间从另一房间窜出一只小狗，脏得好像是一袋垃圾向我滚过来，她抬起脚把它踢到一边，那只狗弓着腰爬起来，一瘸一拐地去别的房间玩了。她领我走进书房，里面的书架上几乎没有书，书都在地上，她坐在一摞书上，向着另一摞书指了指，我从小虽然被书本折磨得要死，可让我一屁股坐在上面我还有些忌讳，我把书挪了挪，坐在地板上。她说：一会我把打车钱给你。我说：用不着，没几个钱。她像是没听见我说什么，继续说：你临走的时候我给你。我看她有些恍惚，说：你爸妈呢？她环顾四周说：我前一阵差点死了。我说：出什么事儿了？我听见自己的声音在房间里回荡，颤颤巍巍。她把两只手伸到我的面前，她的手还是那么好看，只是手腕上多了两道深深的伤疤，好像两张不高兴的嘴。我说：你自己割的？她说：我照着书上写的，先割开，然后躺进浴缸里，可是不知道哪做错了，好久血也没有流干，我妈就回来了。我有些生气，不知道为什么，就是感到极其不痛快，我说：你为什么要这样？她说：我死了，你会难过吗？我说：你死了，我难过不难过你也不知道了。她说：那就是不会难过，对吗？我说：你怎么回事？我当然会难过，就算我不认识你，你死了，我也会难过。她说：你是好人，谁死了都会难过。我突然站了起来，说：我要走了。她哭了起来，说：我就知道，我死了谁也不会难过，一个难过的人都没有。我马上泄气了，决定不走，伸手把她的眼泪抹到她的脸上，好像要让脸上的皮肤都感到悲伤一样，一点点抹匀。

　　她渐渐平静下来，站起来走出去，很快又回来，坐在我的身边，手里拿着一摞子包着红皮的奖状，她翻开第一本指给我看，起首是她的名字，后面写着：全国小百花杯书法比赛金奖，右下角的日期是 1997 年，好像担心我不认得字一样，她指了指她的名字说：我得的。我点点头，奖状的夹页里有张照片，她梳着两个辫子，有些羞涩地站在一幅条幅前面，条幅写的是行楷，依稀学的是王羲之，写得好像还不赖。她脸上的孩子气让我觉得和我认识的安娜不是一个人，应该是性格迥然不同的孪生姐妹。下一个奖状却是钢琴，也是全国的金奖，我有些震惊，从未想过她这样的女孩儿竟然还会这些玩意，这时我发现她的胳膊贴在我的胳膊上，皮肤像是一块瓷片，软绵绵的凉意，她全神贯注地盯着奖状看，好像和我一样，是第一次看见这些她生命里亮闪闪的碎片，眼睛里竟也和我一样，有些惊讶，好像在努力回忆当初的自己是什么样子的。

　　和我不一样的是，有些悲伤。

　　她在我身边蜷缩起来，好像要把自己的脑袋和四肢塌陷进身子里，我说：你干嘛？她说：冷。我用一只胳膊轻轻把她抱住，说：还有奖状吗？声音轻柔得把我自己吓了一跳，她说：那个房间里还有很多，那时候我还会跳舞的。我说：为什么初中的时候我们都不知道？她好像没听见我的话，另起一段开始讲别的：我四岁就开始学钢琴、书法、舞蹈，我妈老揍我。我说：我爸也揍我。她摇摇头：我妈好几次差点把我打死了。有一次她拿电熨斗打我的头，我以为自己死了，倒在地上还想，真好，不用练琴了。结果还是没死了。我说：你爸肯定宠你吧。爸爸都宠女儿。她说：我爸是

窝囊废，他是我这个世界上最瞧不起的人。我开始糊涂，她
说话东一句西一句，完全不顾听众的感受。我说：那你最喜
欢谁呢？她说：上初中之前我最喜欢妈妈。我说：她那么揍
你。她说：但是我家的所有钱都是她挣的，我爸只知道赔
钱，他干什么都赔钱，有一次还坐了牢，是我妈花钱把他捞
出来的，他什么都不会，只会上当。虽然窗外正蔓延着酷
暑，可我感到这间屋子里有难以言说的寒意。我想还是说你
自己吧，你爸和你妈实在是我无法理解的两个人。我说：钢
琴，书法，舞蹈，你最喜欢哪一个？这是我的经验，在两个
人没有话说的时候，提出一个关于你最喜欢或者你最讨厌什
么的问题，通常都非常有效。她果然从她爸妈的话题里醒过
来，说：钢琴。我说：为什么？她说：因为挨揍最多，有一
阵子我妈身体不好，打不动我，就不让我睡觉，她也不睡，
练不好就不让睡觉。我说：我问你最喜欢哪一个？她说：有
一天我困得实在不行，脑袋糊里糊涂，忽然明白那支曲子该
怎么弹了，明白那个作曲家为什么写那支曲子了，不光是为
了折磨我。说完，她冲我笑了笑，好像很高兴自己在诉说如
此悲伤的故事的时候，还不动声色地说了一个笑话。我只好
笑笑，说：那你给我弹首曲子吧。我以为自己想出了一个聪
明的提议，可以结束这一段让我越来越心生恐惧的谈话。她
说：我家没有钢琴，初中的时候钢琴就卖了。我机灵地说：
不会是为了救你爸吧？她说：不是，救我爸的钱我妈早就准
备好了，她说他一定会出事，她也一定会救他一次，然后这

辈子就两不相欠了。卖钢琴是因为她不想让我弹了。我开始
觉得如果不是我的脑袋长了瘤子自己不知道，就是她根本不
会讲故事。她并没有注意到自己的故事前后矛盾得厉害，而
是继续说：把钢琴搬走那天，我抱着钢琴哭，你不知道，那
时候我可傻逼了，我真把它当成我的亲人，它能在我难过的
时候唱歌给我听，我以为它什么时候都在，我任何时候坐
在它身边，它就唱歌。我觉得如果它不见了，这个屋子真就
剩我一个人了。要不是我妈拽住我的头发，我一定会和它一
起被搬上车。我忍不住指出她的矛盾说：你刚才说，是你妈
让你学的钢琴。她说：她花了一笔钱让我上初中之后，突然
改变主意了，觉得我应该考个好高中。钢琴就多余了。我心
想，你们母女两人怎么好像前世的冤家，这辈子一定不要对
方好过才痛快。我说：你妈这么……奇怪，你还最喜欢她？
她说：是，上初中之前。我说：之后呢？她说：我发现她跟
别人睡觉，小学的时候她就这样，那时候我不明白她在干什
么，上初中我才明白了。虽然我爸是窝囊废，她跟别人睡觉
也不对，是不是？我在盘算是不是应该现在起身回家，不知
道这时走掉，她还会不会把打车的钱给我。她继续说：我妈
每次去见别人，都要带着我，先是去饭馆吃饭，让我喊叔
叔，然后我就坐在门口，她进去。我说：嗯，是不对。她
说：我有好多个叔叔。有的还认识我爸。我问：你爸知道
吗？她说：知道，我告诉他的，上初二的时候，他偷偷地给
我钱，我看他可怜，就告诉他：你老婆给你戴绿帽子你知不

知道？我说：他是不是气坏了？她说：他哭了，他让我千万别告诉他那几个人是谁，就跑了。我说：再也没回来？她看了我一眼，好像在怪我到现在还没有明白重点，说：当然回来，要不然谁他妈给他钱花。"他妈"两个字使我忽然想起初中的她，说：你初中不上课，你妈不揍你？她说：我早就给揍皮了，而且那时候我还是学了一点物理的，知道她打我她也疼，就算拿东西打我，她也会累的。而且，无论我念得多糟，她也会送我上好高中，送我上大学，她不会让别人知道她有个不学习的女儿，聪明吧。我说：你那时候不上课都玩什么呢？哪有那么多好玩的？她说：和男生玩啊，我好像天生就会。说完她冲我伸了伸舌头，她的舌头好长，看起来几乎能够舔到自己的脖子。

　　外面的风越来越大，呼啸着像是要闯进来。天色暗了，我以为已经晚了，可书房里的座钟忽然响起来，瓮声瓮气地敲了三下。这家人怎么会把座钟放在书房里？这家人也许不需要书房，而是需要一个教堂。我站起来，她的胳膊从我的胳膊上滑下来，她没有看我，而是又一次打开钢琴金奖的奖状，说：那次我弹的肖邦。然后轻轻哼起来，应该是她小时候弹的那首曲子吧。我走到客厅的窗前，窗户开着，窗户底下种着大葱和花，原来天上已经堆满了乌云，我抬头看的时候，一道闪电把雷声由远及近地送过来，像要把这间安静的大屋子叫醒。雨点突然降临，开始的几颗那么清楚，好像能数得过来似的，然后就变成一张大网，把我眼前的一切都罩在其中。那只小狗在雨中跑着，一只脚被安娜踢得有些瘸，可耳朵甩得老高，看起来高兴极了，我想：你那么脏，也该洗个澡了。

安娜从书房里走出来，进了另一间房间，我听见哗一声，应该是一扇窗户被推开，然后是风摇晃无依无靠的窗子放出的响动。她一间屋子一间屋子地走着，打开了所有的窗户，我感到风从四面八方向我扑过来，我差点和窗子一样，摇晃起来。我说：你干吗？她说：吹一吹。雨点从窗外淋到地板上，一块玻璃碎了，我眼前的另一块玻璃似乎马上也要经历同样的命运，我伸手把窗户拉进来。这时她已经站在我的身后，两只手搂住我的腰，头靠在我的脖子上，我甚至没有感到她的呼吸，她好像故意憋住气一样，轻柔地趴在我的背上，我好像回到了某个场景，可一时又想不起来。她说：背我。我把窗子松开，它马上被风抢过去，抻直，碎了。我说：去哪？她说：背我。我蹲下把她背起来，她用手指了指一个房间，里面空荡荡的，只有一张大床，四面立着四根柱子，挂着白色的帷帐，不用她告诉我，我把她放在床上，我从来没见过这样的床，差点被无处不在的帷帐绊倒。她两手把帷帐掀开，好像为我打开一扇门，说：进来。我不知道要进去到哪里，因为她挡在我的前面，腿顶着我的腿，我只好向前弯腰，她钩住我的脖子，把我拉到她的嘴唇上，我从来没有吻过女人，嘴好像是塑料做的，而她的嘴巴像是一块桃子，又软又甜又凉。我不知道下一步该如何操作，是该向下吻她的脖子，还是应该学着电影里手忙脚乱地解她的衣服。这时她的舌头顶在我的牙齿上，我微一张嘴，她便钻了进来，准确地找到了我的舌头。我好像突然接到了上帝的耳语，明白了自己应该做什么，我保持着这样的姿势，张开双手把自己的外衣脱掉，然后小心地脱下她的上衣。她的眼睛一直闭得紧紧的，好像我做的事情和她无关。她没有穿胸罩，我发誓这是到现在为止我见过的最洁白的躯体，没有胎记，没有痣，没有任何一个不属于这个身体的杂质，我怀疑她是不是用这个身体在世间行走，看起来就像是她一直把这个身体藏起来，只有这样的时候才拿出来使用。我用手抚摸她的肩膀和她的背，就像是两只破烂的小船漂荡在清澈的湖面上，她的喉咙发出一些响动，似乎在随着我的手唱歌，风把帷帐吹起来，飘在我们四周，扬起了帆。她抓住我的手，放在她的腰上，我识趣地脱下她的裤子，我的舌头被绊住，无法看到她内裤的颜色，只好把手放进去。这时我开始束手无策，虽然电影里看过无数遍，可到了自己上阵，还是会怕一不小心摸错了位置，让她笑醒。她好像知道我在想什么，手也挤了进来，抓住我的中指，引领我小心翼翼地前行，我想学着日本人那样把手指向上勾一勾，她吐出我的舌头，说：会疼，这样就好。我马上把手指伸直，照她的旨意做，她看我一点点上路，就张开双腿，退到床的深处，我的手指和身体跟上去。她闭着眼让我弄了一会，说：站上来。我把手拿出来，站到她面前，她几下解开我的裤子，把它放在嘴里，我叫了一声，她含糊地说：要射吗？我惭愧地说：马上。她咯咯地笑出声，吐出来，用手轻轻揉着它的根部，说：这样好一点吧。我感到射意渐退，它却越来越硬，说：好多了，可以用了。她说：还得等一会。说完把蛋蛋吸进嘴里，把每一寸皮舔净，抬头看我涨红了脸，估计也看到我眼睛里的杀气，说：给我。然后跪起来，两腿分开，一只手从两条腿底下伸出来，指着说：这里。我说：我都看不见你的脸。她说：用不着，进来吧。我放进去，一扇门带着露水轻缓地开启，世界随即消失了。

我怀疑自己射出了一斤精子，因为我感到那一瞬间我像是把二十几年的幻想和企盼都射了出去，然后我相信无论是多么惬意的自渎都无法把自己清理干净，只有这一种方式才能让这些种子找到归宿。她在结束之后马上站起来跳了跳，然后用帷帐把腿擦干。我下面竟又硬朗起来，我伸手想抓她的手，她把我的手打开，跳下床，跑出去了。

她回来的时候，穿戴整齐，头发也重新梳过。她把窗子关好，屋子里的风停了，安静下来，仔细听，好像这个房子都安静下来，她应该是把所有窗子都关好了。她扔给我一颗烟，七星，我放在嘴里，她把我的和自己的都点着，然后站在床边，说：抽完就得走了。我点点头，慢慢地把烟抽完，这烟很淡，可到了肺子里却久久不去，绵长得有点让人心烦。她抽得也很慢，边抽边发呆。我把衣服穿好，裤子敞着，走进洗手间撒了泼尿，洗了把脸，然后把裤子也系紧。

她已经在大门等我，我走出去的时候，她突然握住我的手，我刚想说这样好无聊，才发现自己的手里多了一百块钱。这时那扇门已经关上，我敲了敲，她不应，我使劲敲了敲，然后听见门里面上锁的声音。我忽然想起来一个重要的问题，便对着门缝喊：你为什么要自杀？她好像已经走远了。我继续喊：你为什么要自杀？为什么要自杀？为什么要自杀？她在里面说话了：滚开，你们都他妈一样。然后是脚步声，这次她是真的走远了。

雨已经停了，水在四处流动，寻找着下水道的入口。窗户下的大葱和花好像一场雨的工夫就长高了一些，我想：她会不会这就去死了？我又想：她算哪一个？太阳落在云边，温暖得让人想要找一个人拥抱。我笑出声来：也许她说对了，我不会难过。那只狗颠着脚跑到门口，用爪子抓门，我快步走了。它就能进去了，我想。

到家的时候，我爸我妈已经在桌子旁边坐好，看我进来，我妈站起来走去厨房，盛了一盘菜，尖椒土豆丝。

吃完饭我趁他们俩不注意，把一百块钱放在他们的床头，然后回屋躺下。夜晚还没有来临，我就已经睡熟，整个一个晚上都没有做梦，好像永远都不会醒来。

第六章　霍家麟

我倒数第二次看见家麟是在我爸的葬礼上。

东北的葬礼准确说来，应该叫大家参观火化。没有眼泪，没有致辞，没有人被允许说说死了的是个什么样的人。死者的家属彻夜不眠，想着第二天都会来什么车，谁给车扎花，谁去给井盖铺纸，谁在灵车上向外撒纸钱，若死者有儿子，这个儿子就要想想怎么把瓦盆摔碎，一定要四分五裂才好，人才走得顺当，若是碎得不够彻底，亲戚们便瞪起眼，觉得你耽误了你爸的行程，让他误了一班车，还要捡起来，重新摔过。我便亲眼见过有人摔来摔去也摔不碎，有人在旁边说：你妈还有未了的心事。那人正被瓦盆弄得起急，捡起瓦盆朝那人扔去，那人一躲，瓦盆碎了个稀里哗啦。

参加的人也要起个大早，通常是凌晨五点，车队要排好，瓦盆一碎，灵车的司机就斜眼瞧你，你塞进他手上三百块钱，他就马上喊道：起灵！这种人通常声若洪钟，两个字在黎明里荡开去，好像要让街上飘浮的游魂让路。若是塞给一百，他好像突然困了一样，叨咕一声：起灵吧。之所以这么早就要出发，是为了赶那第一炉，其实早没有什么第一炉，不知道什么人正赶在焚尸炉建成那一天死掉，获此殊荣，之后的第一炉，无非是那天还没有炼过人罢了。这浅显的道理任何人都懂，可还是要争那第一炉，似乎凡事都要有个次序，然后争一争，人们才能安心。

我爸葬礼的前一晚，我的睾丸突然剧痛，不知道是不是小时候被许可踢那么一脚落下了病根，还是那阵子一直在医院忙着，憋出了毛病，就是疼得好像要找大夫把自己阉了才好。我叮嘱她把香看看好，千万不要灭了，自己披上大衣，钻进零下三十度的寒风里，走进他们俩卖了十五年煮苞米和茶鸡蛋的医院，躺在一张发黑的床单上，脱下裤子，让大夫把我的睾丸捅来捅去，看看这两个一直带给我快乐的东西，这天晚上怎么了。大夫是个男人，手却很细，好像在挑水果，他说：大小一样，应该不是先天畸形，最近性生活正常吗？我说：不正常，家里有事，没过性生活。他说：之前正常吗？我说：听人家说不正常，时间有点长。他说：没事儿，我看。说着他又捅了捅。你是喝水喝少了。他话音一落，我就不疼了，一点也不疼。诊室里的电子钟指着四点四十五分，我躺着提上裤子从床单上跳下来，冲着大夫鞠了一躬，然后跑向家里。车队已经就位，我从车队的尾巴跑向车头，亲戚们已经在院子里站好，我跑过他们身边，她站在灵车边上，我跑到她的面前，她从兜里掏出黑纱，上面有一个白色的"孝"字，戴在我胳膊上。瓦盆在地上，烧纸已经放好，我从裤兜里掏出打火机，司机拉了我一把，递给我一盒火柴，我用火柴把烧纸点燃，看它们冒出黑烟然后化为灰烬，我吸了口气把瓦盆举过头顶，这时我突然忘了台词，她在我身边轻轻说：爸，一路走好。我喊：爸，一路走好。瓦盆摔了个粉碎，好像是见了风的木乃伊一样，灰飞烟灭。她塞给司机三百块，司机声嘶力竭：起灵！

　　这时，我看见家麟，披着他初中时的那件灰色大衣，和初中时候一样，敞着怀，里面只有一件背心，手提着初中时的破书包，像是提着刚刚斩下的人头，在微暝里向我走过来。

　　我第一次见他他就穿了一件背心，那是初一的第一堂课，孙老师吹了吹鞋上的灰尘，说，但是你们应该能猜到，我今天能教你们，一定是我这些年教得不赖，我有办法治他们，我教过的学生没有一个回来看我的，我不难过，他们要是不怕我，我早就完蛋了。所以，还是那句话，你们都是好学生，我不想管你们，我太累了。然后她抬头看了看我们，好像在确定我们是不是听懂了她的话，大部分人都投去听得不能再懂的眼神，我也是。只有一个人拿了把小刀，趴在桌上刻字，发出嘎吱嘎吱的响声。孙老师指着他，说：你，起立。他用手撑着桌子站起来，脸上露出不可遏制的笑容，想捂嘴又似乎有些难为情。孙老师说：你叫什么？他说：我叫霍家麟。她说：到前面来，把你的名字写在黑板上。他走出来，我们都笑出声，他穿了一件极长的跨篮背心，下摆遮住了屁股，在背心的下摆底下露出短裤的下摆，好像是穿了一件女人的套裙，短裤的下摆底下是两条光溜溜的细腿，脚上穿了一双旧球鞋。他走到前面，说：老师，没有粉笔。孙老师从讲桌里拿出一整盒，抽出一根递给他，他把粉笔掰断，留在手里的只有一小点，写：霍佳林。字极难看，却写得极大，结果更把难看放大，好像黑板上爬满了硕大的蚯蚓。写完最后一笔，粉笔刚好用完，"林"字的最后一捺是用手涂上去的。孙老师翻开点名册，说：名册上的"家麟"是家庭的家，麒麟的麟。他说：那是我爸起的，我觉得笔画太多了。孙老师的恼火已经装满了教室，我都想到外面去躲一躲，霍家麟却不以为然地笑嘻嘻地站在她的面前。她说：霍家麟，你刚才在桌子上刻什么？他说：霍佳林。孙老师好像刚想问他是哪一个霍家麟，然后意识到这么下去不一定又绕到什么时候，说：下课之前你要是不把课桌上的字划掉，我就让你父母来赔；以后考试，你要敢写那个霍佳林，我就给你零分；以后你要是还穿背心短裤来上学，我就让你当着大伙脱掉，听明白了吗？我下意识在底下点头，这是小学时落下的毛病，老师问"听明白了吗？"，无论如何是应该点头的。霍家麟摇摇头说：没有。孙老师把黑板擦在讲桌上狠狠一拍，说：有什么不明白的？他用手挥了挥眼前的粉笔灰，慢慢地说：你让我把字划掉，是因为写字破坏了桌子，可如果划掉，桌子就破坏得更厉害了，你让我写那个麻烦的名字，是因为名册上是那个名字，可现在我们已经认识了，你已经把名字和我联系上了，我写哪个名字你都会知道是我啊，你觉得我穿背心短裤不对，可走廊里的校规没写不让穿，你不让穿是觉得难看，我穿是觉得凉快，如果你让我脱干净，那不是更难看，我不是更凉快了吗？

我把舌头吐出来，又缩回去，心想：这是哪来的一位爷？虽然他说的听起来全对，可在老师面前，对错哪有那么要紧，你在所有人面前说得这么对，就是大错。孙老师的脸在几秒钟之内已经变换了好几种颜色，最后定格为苍白，她说：你觉得你很有理是不是？他说：嗯，和你一样。她又被噎住，吐纳了一下说：以后我的课，你不要上了。他想了想，好像在算数，说：那你得退给我五分之一的学费。九千除以五，一千八百块钱。她知道今天没有胜算，当着这么多人动手打人又违背她刚刚说过从来不动手的话，说：你回座位，晚上叫你父母来。他不置可否，笑嘻嘻地走回去，刚刚坐下，孙老师说：全体起立。他又站起来，用手撑着桌子。老师说：都到教室外面去，按大小个儿站好，今天排座位。等我们站定，男女分成两列，一个个对好，孙老师从队伍里把霍家麟拽出来：你站到后面去。我的身边坐着王黎雪，长得很清秀，头发微黄，好像是涂了一层阳光，我觉得自己运气不错。这时我发现，霍家麟还站在教室前头，男生多一个人。孙老师指着最后一排的最右侧，挨着教室的后门，说：你把你的桌子搬过去，坐那。

霍家麟在那里坐了三年。初三时候我们班开始搞座位轮换，也没有能够拯救他。刚上初三就有些家长反映自己的儿女长得个大就坐在后面不公平，个大本来是好事，这么一弄倒成了歧视，那时候大家的眼睛都开始纷纷出了毛病，除了生在知识分子家庭先天就遗传父母的近视，其他生下来时正常的眼睛到了初三都模糊起来，一个是课上的内容越来越多，黑板上的字也就越来越小，有些老师不会安排空间，上来先痛痛快快地写几排大字，写到第二块板子，发现写不完，字就骤然变小，到了最后，简直像趴在黑板上刻字一样，刻出一串白色的小团，整个黑板自上而下就像一张视力表。二是，大家越睡越晚，听说有几个女生经常熬通宵，第二天照常上课，还能站起来回答问题。这是孙老师告诉我们的，她说：睡那么多有什么用？不睡不也好好的。后来其中一个叫作李浩然，一天在课堂上突然把脑袋放在地上，老师开始以为她在捡东西，看她迟迟捡不起来，说：李浩然，先听课。她轻轻地说：老师，我的，我觉得，不是，我猜，我的脑袋缺血了，我要把血控上来，控一会就好了。老师觉得不妙，走过去把她拉起来，这时她的鼻孔喷出两道血流，好像要把她顶上天空一样。第二天孙老师告诉我们，她是先天脑供血不足，以前不知道，我们可不信这个，至少不信先天两个字。当然像李浩然这样脑袋出问题的还是很少的，实在是太少的人会相信不睡觉也能好好的这种话，不像眼睛的问题那么普遍。所以一些大个子的家长，当然是那些能和老师说上话的家长，发现自己的儿女看不清黑板了，而那些小个儿每天就在黑板底下听课，想不看黑板都不行，黑板就在眼前，只要不是垂直趴在桌子上，随时都在视野里，就提出班里的座位应该轮换，每周一次。对于这样的家长，老师通常还是民主的，马上就轮换起来，有几次我也坐到最后一排，用小时候和丹凤陈看来看去累坏的眼睛猜黑板上的字。可霍家麟从来没有轮换过，除了初一下学期，也从来没有过同桌，他就像一颗钉子，被老师钉在后门的窗户底下，然后锈在那里。

　　不但是老师希望他坐在那，开始的时候，我们也希望他坐在那不要走。

　　初一下学期的一天下午，班里自习，大家正乱作一团，汪洋说马立业前几天从他那拿的一本《灌篮高手》一直没还给他，马立业说是被汪海拿走了，当时他告诉了汪洋，汪洋说知道了，可现在看来他不知道，汪海说他是从马立业那拿过一本《灌篮高手》，可不是他们说的第二十五集，而是第二十六集。汪洋把书包里的书倒出来，发现原来第二十六集也没了。他就说先不要说第二十五集的事儿，把二十六集还给我，汪海说在家呢，然后又加了一句，二十六集真没劲，也不知道三井的那个三分球进没进，马立业叫起来说，不对，这是第二十五集里的事儿。有几个女生很不高兴，吴迪说：你们能不能下课找，我们可不关心球进没进。汪洋是我们里面成熟最早的，马上说：那你关心什么东西进没进？可能是他成熟得太早了，这样含蓄的笑话引起的效果极其有限，只有安娜发出了微弱的笑声。霍家麟突然喊道：别说了，孙老师来了。大家正在愣神，班里出现了整个下午唯一的短暂的寂静，门开了，孙老师走进来，看见每个人尚未合拢的嘴，有的是因为话还没有说完，有的是因为惊讶，她也惊讶地把嘴微微张开，低头看了看自己的高跟鞋，惭愧地笑了笑，她说：你们学会听声了。说完扭头走了。我们看向霍家麟，他正拿着尺子在桌子上刻东西，那张桌子上除了他的名字之外，他已经刻上了海豚、鹿、阿基米德，还有周恩来，不知道这回他刻的是什么东西。也许是他的耳朵灵吧，我相信大多数人都这么想。

第二天，还是那个时候，看来关于《灌篮高手》的问题已经解决了，大家正在谈论《神雕侠侣》里的尹志平是不是该死，汪洋正在大讲守宫砂的科学依据，当时古天乐和李若彤主演的《神雕侠侣》播得正热，李若彤被尹志平侮辱那一集，是所有人心头的美好的痛楚。霍家麟说：别说了，孙老师来了。大家就好像听见长官说立正一样，马上用眼睛盯着眼前的书，桌子上没有的书就从桌膛里随便摸出一本盯上去。没有脚步声，门开了，孙老师走了进来，穿了一双运动鞋。她这次看见的不是微张的嘴，而是一排排的头发。我用余光看见她有些茫然，好像正在回忆哪里出了问题，就像电影里被共产党员戏弄的特务。最后她说：把书包交上来，考试。看来她真是没有办法了，只好枪毙俘虏。

考完之后，我们向霍家麟走过去，虽然他害我们多挨了一场考试，可我们更想知道他为什么如此神奇。他从桌膛里掏出一面镜子，已经破了，被人用透明胶粘起来，上面的人影好像脸上有疤。他说：这条走廊宽两米半。大家点头，好像都去量过一样。他伸手指了指头上的窗子，说：这块玻璃离地面一米六五左右，几乎和孙老师一边高，现在是 10 月份，下午两点到三点阳光和地面的角度应该是四十五度多一点，可以认为是四十五度。他看我们全部傻掉，又掏出一张草纸，上面写着几个方程式，也是蚯蚓一般的模样。他说：我的书桌离地面八十三厘米，好，有了这些值，我把镜子放在距离我胸口三十五厘米，距离玻璃七十五厘米的地方，因为我们的教室在这条走廊的尽头。说着，他抓起背心的下摆擦了擦鼻子：所以孙老师要是想搞突然袭击，只能从东向西走过来，她又戴眼镜，你们知道她戴眼镜吧。我把镜子摆好之后，只要她不是故意贴着墙走，而是走在走廊的中轴线或者中轴线靠右，在她距离后面这块玻璃……刘一达说：三米半。他吓了一跳，凭着惯性说：三米半的时候，我就能看到她的眼镜反射的光。我们惊讶了一会之后，汪洋说：真牛逼啊，真牛逼。然后我们就像潮水一样退去，剩下刘一达像礁石一样露出来。他把那面镜子向左前方移动了一点，说：放这儿试试，她就算贴着墙走，也能看见她右面那块镜片。

　　从那天起，霍家麟和刘一达成了朋友。

　　我和他成为朋友却是因为宋屁股。

　　初一下学期我们开了政治课，政治老师是一个四十几岁的女人，却还没有结婚，长得像是三十几岁，爱穿花衣服，脸也经常抹得有点像墙皮的颜色，走起路来喜欢扭屁股，忽左忽右，好像在和一个我们看不见的人跳舞。她姓宋，我们都叫她宋屁股。听说她年轻的时候美得可以，不光是屁股，哪里都好看，还写了一手好文章，这是历史老师告诉我们的。历史老师是一个男的，是我们学校里唯一打着领带上课的老师，他上课的时候不爱讲历史，说历史书太脏，他专讲宋屁股，讲宋屁股的历史。他说宋屁股下乡的时候没有书看，身边只有一本字典，就天天背字典，吃饭睡觉下地干活都背，后来就精神出了问题，说简体字越看越不像字，这话传出去，她就成了那个公社里最年轻的反革命，但是也有人说她的精神病不是因为背字典，而是因为公社书记。我们问，公社书记？他说，你们不懂了，讲也白讲，反正她是她那一批里最晚回城的，回城之后，精神病就好了。我们当然不懂，因为中考不考历史和政治，虽然老师们都很爱把政治历史挂在嘴边，比如孔老师就喜欢说，你们没有政治觉悟，你们不知道这篇文章是因为先达到了政治的高度然后才达到了艺术的高度。我心里想，那不就是说，艺术的高度比政治的高度高一点，可我没有告诉她我的疑问，因为这个疑问明显是没有政治觉悟的。孙老师喜欢说，你们的历史是你们自己写的，像你们这样下去，你们的历史就全是污点。后来家麟跟我讲，伟人都他妈的三七开，我们有点污点算得了什么。虽然他们喜欢把政治和历史这四个字挂在嘴边，这几个字在我们的初中生活里也确实无处不在，可因为中考不考，所以这两门专讲政治和历史的课就成为了摆设，只有半学期，上完就可以把书卖掉。历史老师深刻地领会了他事业的精髓，把历史课变成了政治老师的历史的课，一到他的课，我们就打起十二分的精神，那时候老师们都喜欢扮作上帝，我们也没有觉得如何的不对，可突然有一个上帝愿意讲另一个上帝的八卦，我们便趋之如鹜，觉得没有任何一门课能和历史课媲美，就像是一个国家的历史在我们的眼里根本不能和宋屁股的历史媲美一样。

后来，我爱上她，就是我一辈子一直爱的那个人，我做了许多疯狂的事，很多我现在想起来自己都无法相信，我甚至可以去死，就是真的死掉，而不是死给谁看。我在日记里写：我不害怕死，我可以为你而死，可我讨厌死，因为再也见不到你。当然我没有死，而是活着做了许多疯狂的事，其中一件就是在凌晨时分，爬过学校的围墙，那时候还没有铁丝网，可就算是有，我也会爬过去，然后用准备好的晾衣竿捅开窗户，跳进教室，为她整理桌膛。把她前一晚随意扔在桌膛里的书，分门别类摆好。然后坐在她的椅子上，想象再过几个小时她坐在上面的样子。这样的事情我不是每天都做，因为我不想她发现，偶尔一次突然的莫名其妙的整齐，她才不会起疑心。

一天我把晾衣竿伸向窗户，却没有碰到玻璃，我退后几步发现窗户已经开了，一定是劳动委员于和美前一天晚上忘记关了，我想。我扬手把晾衣竿扔进教室，做了一个简短的助跑，上了窗台，等我落在教室里的时候，我发现教室有一个人，在清晨的黯淡曙光里，我认出她是宋屁股。

她看见我的惊诧不次于我看见她的惊诧，我们面对面惊诧地站着，屋里像是没有人一样安静。她的手里拎着一个编织袋，站在她的书桌边，另一只手拿着一本书，包着生物书的书皮，可我认识这本书，是她前几天带到学校的《神雕侠侣》，它十分容易辨识，除了厚度比生物书厚出三分之一，从侧面看，有一排书瓤已经发黑，那是描写尹志平迷奸小龙女的段落，上面留下了很多人手上的汗渍。从她的表情和姿势看，如果我没有突然跳进来，她应该会把书放进编织袋里面去。我突然想起来汪洋丢失的《灌篮高手》第二十五集，安娜丢失的《我的灵魂骑在纸背上》，之后马立业的《幽游白书》也不见了一本，许可的《福尔摩斯探案集》也找不到那本《血字的研究》。这些书本来就不应该拿到学校来，如果向老师报案就相当于自首。她首先停止了惊诧，把"生物书"丢进了编织袋，完成了因为不速之客而戛然而止的动作。然后她站直了身体，编织袋在她的手里显得有些分量，看来她是沿着走廊一路摸过来，我们的教室是她今天的最后一站。她向我走过来，把编织袋敞开，说：挑一本。里面五颜六色，我想找到那本《神雕侠侣》，结果却抽出一本《第四军团》，她笑了笑，很自然的笑，好像是我做错事，她在施舍我，说：有点眼光，这本不错。我扔回去，把脑袋伸进编织袋，翻出那本《神雕侠侣》，放回她的桌膛，顺便把其他几本书整理好。她把编织袋拉上，说：我这些书是要交到德育处的。我在她的椅子上坐下，没有理她，心里想：只要你搬得动，你把教室里所有的书偷走我也不会介意，也算是帮了我们的忙，可你偷她的书，我实在没法说服自己装成一个愉快的盲人。我听见她跳了出去，轻盈地落在地上，之后我一直在想，她是怎么跳出去的呢，穿了那么一件紧身的裙子，我当时真应该回头看她一眼。

上课铃响起的时候，我已经坐在自己的座位上，刚才那会儿的义愤填膺已经过去，毕竟因为我，她今天没有得逞。我想如果我告诉孙老师今天清晨在教室里发生的事情，首先要说清楚我大清早跳到教室里干什么。我来干什么呢？睡不着觉跳进教室来一场大扫除？还是我一直在暗地里调查我们班的课外书失窃案？况且宋屁股长得又不那么难看，曾经还因为书或者其他什么事得过精神病，只要她被我吓到，以后不偷就好了，而且一想到我要站在孙老师面前举报另一人，我就为自己感到恶心。我刚刚想到"恶心"两个字，孙老师走进教室说：李默，早自习不要上了，给我出来。我跟着她走进她的办公室，她冲其他几个老师使了个眼色，然后办公室里就剩下我和她两个人。她坐下，说：站好，别乱晃。她说：你书包呢？我突然一惊，忽然想起来刚才在座位上，椅子怎么那么宽敞，可以动来动去，原来是书包没在屁股后面。她从办公桌底下的阴影里把我的书包拽出来，说：

你小子真行，给我打开。我看见我的书包已经变了形，好像一只吃多了的胃，我轻轻扭动扣子，书包的盖子弹开，里面的书淌出来，教材都还在，只不过被压在了底下，上面的一层是《第四军团》《基督山伯爵》《窗外》《萧十一郎》。我从来没这么富有过。她说：捡起来。我把这几本捡起来，她已经拉开抽屉，我把它们放进去。她推上抽屉说：你要不是傻一点，我还真发现不了是你把这些东西带到班上的。她得意得好像眼睛要掉出来，说：你把书包落在走廊，我要是不捡，你说，是不是对不起你？我明白了事情的原委，我跳进去的时候，书包落在走廊里，宋屁股跳出去的时候，发现我的书包，就把我们班的书放进去，她以为我马上会跳出来把书包拿回去。可我正在享受属于我和她的椅子的时光，完全把我还有一个书包这件事情忘得一干二净。结果孙老师黄雀在后，我就进了她的办公室，书也进了她的抽屉。

她并不是要害我，她是希望我拿回属于我们班的东西，然后把这个早晨的相遇忘掉，可她却真把我害惨了。

孙老师的处理方式除了把那几本书留在抽屉里，是让我把桌子搬到霍家麟旁边。她把我带回班上，说：从现在开始谁犯了大错，就去和霍家麟同桌，什么时候你考了年级第一名，你就可以继续参与全班座位的轮转。这明摆着是要我和霍家麟一起坐上三年，那时候我的成绩一直稳定在全班的下游，即使每次期中考试和期末考试的家长会之后，我都要挨一顿胖揍，可成绩还是没有起色，我爸就是无法理解，再多的拳脚相加也无法让我重现小学时的辉煌了，因为那根本算不上什么辉煌，只是比同龄人比较早地使用了大脑。我抱着桌子搬过去的时候十分沮丧，其实这样的发配和打击我早已经不放在心上，像我这样成绩不好，又不守规矩的学生，每天经受的侮辱和打击已经溶进我的血液，铸就毫无廉耻心的免疫系统，就算我看不见黑板又有什么关系呢？我看见了不也是和没看见差不多，还少了一个堂皇的借口。让我沮丧的是，从此之后我只能看见她的背影，而无法回头偷看她的容颜，除非她回头看我，而这是不可能的。还有就是霍家麟是我们班里最脏的学生，他就好像是一个年轻的乞丐溜进我们的教室旁听，冬天里他穿的棉衣上，有一层发亮的油渍，整个人像是一面镜子，走到哪里都有光线在他的身上折射到四面八方。他的身上有一种发霉的味道，不知道是衣服还是他的身体，总之一定是有什么东西正在腐坏，经过他的身边就像是经过一个小型的垃圾场，虽然我心里对他的镜子理论是由衷钦佩的，我的朋友刘一达也是他的朋友，可我相信如果让刘一达坐在他的身边，他们的友谊也会经受考验，谁会愿意每天坐在一个垃圾场的旁边呢？尤其是在一个人的视力正在减退的时候，他的嗅觉就变得特别灵敏了。

　　我搬过去的那天下午，第一堂课是政治课，霍家麟并没有对我表示欢迎，也没有表示抗拒，只是把他的书桌向旁边靠了靠，使我能够有足够的空间趴下睡觉。我没有睡，而是坐直了等着宋屁股扭着屁股走进来，我没有胆量走过去告诉她，虽然你害了我，可还是感谢你把那些书留下，我不会向任何人说起这件事。我只是想平静地看她一眼，也许她能够明白我的意思。可是走进来的却是打着领带的历史老师，他说：宋老师今天有事，她的课窜到下周，大家把历史书拿出来，今天我们讲，他把自己的书翻开，试图回忆起他这门课的进度，说：第一章，人类的起源。我正在惊奇他为什么没有讲宋屁股的故事，他已经开始朗诵课文，"人类的曾祖父是一种相貌丑陋、毫无吸引力的动物。他五短身材，比现在的人类要矮小的多"。我无法集中精神听关于人类的曾祖父的故事，第一是宋屁股本人的和在历史老师口中的双重缺失让我很焦虑，我一直不知道原谅一个人是什么感觉，好不容易有了一次原谅别人的权力，被原谅的对象又不见了，要下周才能出现，这一周的时间让我心头的原谅安放在何处？第二，霍家麟一直在旁边小声说话，自言自语，我有几次差一点就听清了，可最终还是没有听清。在快要下课的时候，我终于忍无可忍，说：哎，你在那叨咕什么呢？他看了看我，说：他讲得不对。我说：他讲什么了？他把自己的书挪过来，不知道他到底是哪里出油，竟然连历史书上都是油渍，他指着其中一段说：书上说，人，他指了指我们俩，说，就是我们这样的，是从猿也就是一种大猴子进化来的。我说：啊，动物里也就它们和我们最像了。他说：你去过动物园吗？我说：没有，听说过。他说：我也没去过，但是里面肯定有猴子对吧。我说：对，咱书上画着呢。他说：动物园这玩意，他拿出一个小本，是一些报纸的碎片，用线缝在一起，看上去像是一叠钱，说：报纸上写，动物园这玩意已经诞生了几百年，怎么没有一只猴子进化成人，不说动物园，有人类之后，森林里的猴子也没有跟着灭绝啊，那些猴子怎么到现在没有一只像咱们这样，能写能算，还能坐这儿听课呢？我顿时被问住，但是为了不显得从来没想过这个问题，让他在猴子和人的领域遥遥领先于我，我问：那你说，人是从哪来的？他把报纸片放回他的灰色大衣里，说：刘一达说，他妈说，人是上帝造的。但是这个问题无法证明，你既无法证明人是上帝造的，也无法证明人不是上帝造的，我也觉得人应该是被造出来的，但是不一定是上帝，谁知道那是个什么东西？我忽然想起来刘一达和我说过宇宙的故事，我说：人不是从宇宙里来的吗？我的意思是先有了宇宙，才有了人，对不对？他说：宇宙是谁造的呢？这下我彻底投降了。我说：你赢了，我们是人造的。他摆摆手，说：不对，不对，我只是觉得，也无法证明，我只能证明他们不对，从逻辑上，可也无法证明自己对。我说：别跟我说逻辑和证明，上次摸底我数学考了三十几分。他说：我也是，你三十几？我三十二。我说：比你多两分，你那镜子整得多牛逼，怎么数学考这么点？他听我问起，马上把那次的考试卷子翻出来，指着第二题说：这道题其实用了一个很简单的定理，但是我在算的时候，发现这个定理有些不够，怎么说的，有点啰唆，我就想把它弄得短一点，我又得证明短了之后的定理和原来的定理其实是一样严密的，你懂吧，严密，结果呢，他兴奋地搓着手，说：考试的时间就过去了。我看到他的卷纸上，第一题是满分，第二题的运算占满了卷纸剩余的所有空间，结果是零分。看来，他是把还有其他三十几道题这件事情忘记了。我问：最后呢，你的定理怎么样？他似乎有些高兴地说：错了。原来的表述，应该是最完美的。

我发现这个人有点脏又有点傻，可是他脏兮兮傻乎乎的似乎却比大多数干干净净的聪明人惹人爱，具体因为什么，在那个时候我也无法说清。

初一下学期的冬天，这座城市迟迟没有下雪，那时候足球还没有被完全取缔，其实严冬这么长，只要一场雪就可以把足球这项运动葬送。就在那个冬天，雪把地面覆盖之前，我开始懂得了一点踢球的窍门。足球来到我脚下之间，我能听见自己兴奋的呼吸，我的所有神经都把灵感传导到脚上，髋和脚腕随时准备把这只皮球控制得像是我身体的一部分，我无师自通地掌握了球的旋转，我发现要让球听你的话，就要让它在你的脚底下旋转起来，只用一个月的时间，我便可以带球的时候不用低头看它，让它自如地在我脚下打转，然后观察我的队友正在什么地方奔跑，对手正在从什么方向向我赶来。我热爱带球，就像一个婴儿热爱妈妈的乳头那样，无时无刻不想把它衔在嘴里，我讨厌传球，就算是所有人都向我扑来，而我队友已经排列整齐站在对方的面前，我也会勇敢地选择在所有人中间独自把球带出来，绕过队友，送进对方的门里。这也许是我那时生活中仅存的快乐，可我忙着把球踢得更加精湛，根本没工夫想到这是快乐，在我的生活已经全面褪色的时候，足球成了我紧紧抓住的色彩，我妄想，在这个操场上重新成为英雄。当时很多人讨厌和我踢球，因为他们会闲下来，除了向我吆喝着希望我把球传给他们，没有别的事可做，有几次我听见他们的声音已经近乎于哀求：李默，传啊，传给我。我无动于衷，继续让我和我的足球舞蹈。有一次足球从我的侧面飞来，我用脚内侧把球轻轻停在半空中，看它像一只陀螺一样旋转，两个人站在我的身边，他们同时伸出脚希望把球踢走，我把身体从他们俩之间穿过，在他们以为我忘记了球已经在我身后的时候，我用右脚的后跟把球磕过两人的头顶，侧身把球抽进球门。我记得所有人都愣在那里，发出难以抑制的惊呼，我也不知道自己怎么能把球踢成这样，也许是小时候玩藏猫猫练就了好腿脚，也许是我的野性在教室里隐藏了太久，只有这样的时刻我才能意识到自己还是一个孩子，一个可以奔跑、可以获得胜利的孩子。

霍家麟也是在那个冬天开始学习踢球，马上陷入痴迷。和我不同的是，他是一个后卫。可是他天生骨头发硬，两条腿跑起来就像操场上谁在搬一只两条腿的凳子。而且他的运动神经明显不如他的理科神经灵敏，经常是球到了近前，露出惊讶的表情，好像是在想，咦，它是什么时候过来的，然后两条腿像是骑自行车一样，一通乱蹬，把球蹬出去。可他的脚却像是石头一样硬，经常把球踢过围墙，如果你不小心被他蹬上，一定是一个疼痛难忍的下午。他经常因为踢人惹事，因为他踢了人之后自己毫无察觉，对方已经在地上打滚，他冲着球追过去，抬起一脚把球踢远，有几次不小心踢在躺在地上的人脸上，对方一时不知道腿和脸哪一个部分更疼。等人家爬起来揪住他，他还无辜地说：不是我，你弄错人了，踢了你，我一定知道的。

就在那次我把球从两人的头顶勾过之后（他是其中一个），踢完球我坐在球门里，脱下鞋子，看着别人把手伸出栅栏买水喝，心里盘算着谁能让我喝一口。他坐了过来，也脱下鞋子，空气马上变味，他的袜子已经臭得发干，我相信如果脱下来，可以像两只靴子立在地上。他伸手摸了摸我的脚，我吓一跳说：你干吗？他说：你怎么踢得那么好？就是刚才，你怎么能，就是那么一踢，你怎么能想到那么一踢？我说：哪有工夫想，就是随便一踢呗，我还会别的呢。我把球拿过来，穿着袜子把球颠过头顶，等球快落到膝盖附近的时候，用脚把球在空中一带，球像被抽了一鞭子转起来，然后稳稳地落在我的脚面上。他瞪大眼睛说：你的脚上怎么像是有胶水？我把球踢给他说：你试试。不难。他站起来，我说，你踢球的底下，落下来的时候像我那么一带。他照我说的，结果一脚把球踢过了围墙，落在一个卖水的老太太的车上。老太太马上在墙那边骂起来：谁踢的？是不是丁班那个小傻子？迟早有一天我得让你踢死。他穿着袜子跑出去，抱着球回来的时候说：我不行，我的脚不够黏。

　　从那天起，无论什么时候踢球，他一定要和我在一起，他说：你上去，上去，过他们，我给你当后卫。他给我当后卫的方式除了把球踢出围墙和把对方踢倒在地之外，就是一定要把球传给我。在他逐渐掌握了长传球的技巧之后，这一特点变得尤为明显。他不在乎我是不是已经陷入重围，或者根本没有准备接球，有几次我稍一溜号，球已经飞到我的脸上。同伴们后来也逐渐发现了他这一癖好，看他要传球的时候就喊起来：霍家麟，还有我们呢。这样的话对他没有任何影响，他的眼睛里只有我这一个队友，足球对于他来说不是十一制的，而是两人制的，就像是乒乓球里的双打。最可气的一次是我已经坐在场下，我刚刚扭了脚，他的球还是朝我飞过来，我狼狈地趴在地上把球躲过，然后爬起来一瘸一拐地把他拉出来，说：你传给我之前，能不能先看我一眼？他说：我看了啊，要不我怎么知道传到哪？我说：我的意思是你得看一眼我是不是方便接球。他说：我怎么能知道？我想了想说：如果我也看你，你就传给我，你看我的眼色行事。他说：我听你的。从那天之后就变成，如果我不看他，他就把球踢到界外去。

　　在我和他成为朋友之前，政治课换了老师，来了一个嬉皮笑脸的胖子，走进教室之后的第一句话是：我这课没什么用，该睡睡会儿，都挺累的，但是我还是得讲，你睡你的，咱们最好谁也别耽误谁。上了初二，政治课取消，我还是记不住这个老师姓什么，我只记得那个宋屁股，她为什么不来了，没人告诉我们，我想找人问问，可问谁呢，可能知道的人不敢去问，敢问的人又都不知道。我便说服自己，她一定是有了更好的出路，不用在这儿讲没人听的政治。我不敢相信她的离去和那个早晨有什么关系，我宁愿相信她根本不需要我这个孩子的原谅，她一定是早已经把我忘了。

在我和他成为朋友之后，我和刘一达、霍家麟三个之间的三角形友情的最后一个边连上了，我们三个开始一起回家，一起聊天。我和刘一达成为朋友完全是巧合，他喜欢我是因为我能逗他笑，在我心情不错的时候，而我喜欢他，除了他有着令人惊叹的天赋之外，是因为虚荣，我和他走在一起，常想：别看我不怎么样，我的朋友可是个天才。而霍家麟却不同，他和刘一达志同道合，两个坐在一起就是无休止地讨论他们感兴趣的问题，轮番向对方发问，然后绞尽脑汁地为对方解答。我坐在他们旁边，一点不觉得无聊，我喜欢这样纯粹和自私的时候，不为老师，不为父母，只因为自己的热爱，我曾经也这样爱上写作文，爱上抒情，正叙，倒叙，可自从孔老师坚持不懈地给我的作文写上不及格的分数，然后在全班作为反例朗诵之后，我看见于和美，隋飞飞们鄙夷的笑容，这种热爱便离我而去，再也没有回到我的身上。看见我的两个朋友热烈地争论，恨不得要揪住对方的头发，然后又因为一个完美的答案相视大笑的时候，我觉得自己好像也是一个这样简单的人。更重要的是，霍家麟崇拜我，崇拜我可以在球场上做出他做梦都想不到的动作，他后来发现我能写大字，对于老师也有和他一样的不屑，他便更觉得我和他是一样的人，可我知道我不是，因为我的成绩不好，无法成为老师的宠儿，因为小时候养成的野性，我也无法成为老师的走狗，我是一个没有队伍可站的人，所以只好和另两个干脆没有看见队伍的人站在一起，他们是我的救命稻草，在我发现自己原来是这么孤独的时候，我抓住他们，组成一个看似与众不同的小团体，其实我只是在其中浑水摸鱼罢了。

那时候我不会想到，和霍家麟做朋友是我这辈子拥有的最好的回忆之一，就像我初一的时候不会想到，上到初二，霍家麟成了和刘一达一样著名的人。

初二开学的时候，学校的升旗仪式有了些变化。之前的一年，柳校长要求，每周一都要有一个班级派出最出类拔萃的一个女孩儿，戴上白手套，穿上特制的白色制服，在国歌声中把国旗升上天空。在国旗飘扬的时候，柳校长走出来，和升旗手亲切地握手，大约持续五秒钟，然后拿出一个名单，宣布上一周都有哪几个人打架，买零食，早恋，上课看课外书，然后进一步指出这些人的哪几个是警告，记过还是留校察看。我们这个年级一共只有甲、乙、丙、丁四个班级，加起来不到二百五十人，那些出色的挺拔的漂亮的女孩儿在初一的时候已经轮番走上升旗台，有些人在升旗台上已经出现了许多次，也许柳校长觉得他已经看够了，于是到了初二，他决定自己亲自升旗，所以每个周一，我们都会看见他穿着特制的制服，戴着白手套，亲手把国旗升上去，然后为他鼓掌，以表示我们知道他辛苦了，希望他能注意身体。之后他取消了宣布处分决定的环节，这个环节变成了一张大纸，贴在教学楼的外墙上，不单是周一，我们每天都能看到，有的时候，每天都有变化。取而代之的是讲演比赛，我们每个人都要轮流上去讲演，按照学号的顺序，没有一个人能够逃脱。也许是他不再相信班主任们的眼光，要亲自把每个班级的每个人都看一遍，那时候女孩儿的身体和容貌经常在短短一个月的时间就有了难以置信的变化，初一的漂亮姑娘到了初二很可能和一些初一的时候毫不起眼的女孩儿相比已经没有吸引力了。而我们这些男生其实是被连累的一群人，毕竟，如果只允许女生讲演，有些家长是不会视而不见的。

我们班的好几个人从此变成了讲演高手，每一个人都有自己的经典腔调。任明哲讲演的开头通常是"有这么一个故事，我从来没向别人说起"然后中间便是自己默默地帮助孤寡老人或者偷偷地为班级修理坏掉的桌椅，结尾一般写到"他们不会知道，一个人正在角落里，甜蜜地笑呢"，整篇讲演稿笼罩在一种鬼鬼祟祟的氛围里，好像他干的好事如果被人发现，他就要杀人灭口。于和美的风格是情绪饱满，从上台的第一句话开始眼里就开始饱含泪水，好像随时可能扑在柳校长身上号啕大哭，讲的故事一般和希望小学有关，因为她曾经给希望小学捐过一件崭新的棉衣，然后被邀请去学校参观。捐棉衣的当天我在班级，她妈妈错把新棉衣当做旧棉衣放在了袋子里，她糊里糊涂地交了上去，等老师发现之后表扬她，她真的哭了。她的结尾一般是"看见孩子们的笑脸，看见他们穿着我的崭新的棉衣，穿着单衣的我，突然觉得无比的温暖"，这时她眼睛里的泪水便会配合着"温暖"两个字流下来，我觉得她可能心里想的是"突然觉得无比的心疼"。高杰则高级得多，他是个天生的讲演者，声音浑厚，手势有力，他的特点是善于引用诗词歌赋和名人名言，毛泽东和辛弃疾是他使用得最多的两个词人，"天若有情天亦老，人间正道是沧桑"和"了却君王天下事，赢得生前身后名"我就听过两遍，一次正赶上把他养大的外婆去世，他讲演的第一句是：少年不识愁滋味，爱上层楼……而今识尽愁滋味，欲说还休。让我大为惊诧，又十分感慨，可中间的内容却不是思念，而是外婆的死对他的激励，最后他把手放在升旗台的栏杆上：把吴钩看了，栏杆拍遍，无人会，登临意。英雄气概重又回到他的眼睛里，让我十分泄气。

　　霍家麟登上升旗台那天，谁也没有防备他会给大家带来一个特别的早晨。他掏出讲演稿的时候，柳校长在旁边马上皱眉，他要求所有人都是脱稿的。他把讲演稿在手中翻滚了几遍，找到了开头，念道：今天我演讲的题目是：下水井盖为什么是圆的。所有人笑得东倒西歪，汪海笑得蹲在地上，口水顺着嘴角流下来。在笑声中，他没有停下来，而是镇静地朗诵着：圆形的直径是圆周上任意两点的最长距离，你们知道，井盖如果掉下去，一定是两点之间的距离小于那个窟窿。柳校长怒气冲冲地打断了他说：井盖掉不下去，是因为底下有东西卡着。霍家麟摇摇头：你肯定没看过《十万个为什么》，这是一个几何问题，不是一个是不是有东西卡着的问题。柳校长原来是一个体育老师，几何问题离他实在太遥远了，他说：你是故意扰乱升旗仪式的秩序。霍家麟说：我在发表演讲，是你打断我的。校长一时没有反应过来，停顿了一下说：下周演讲还是你，题目是，他回忆了一下，说：《祖国在我心中》，回去向你们班的好学生学习，要讲得深刻，孙老师？孙老师狼狈地从队伍里走出来，他俯视着孙老师说：如果这个学生下周讲得不好，我就扣你的奖金。这是我们第一次听到奖金两个字，后来才知道，从初二开始，班级的纪律和成绩就和老师的奖金挂钩了。

　　孙老师的对策除了把霍家麟骂得狗血淋头，说他是她这辈子见过的最大的祸害，是害群之马，是腥了一锅汤的臭鱼之外，还让高杰当他的老师，手把手地辅导他，她还暗示高杰可以替他把稿子写好。那一个星期，霍家麟的草纸上写满了毛主席诗词，他好像对这些一点也不排斥，在高杰的悉心照料下，到了下一个周一之前，他已经背熟了几首。我提醒他，这次一定要脱稿，不要再给校长抓住把柄。他点点头说：现在已经一个字也不差了。到了周一，孙老师借给他一套干干净净的校服，然后把他拽到洗手间，盯着他把头发洗净。他再次登上升旗台的时候，整个人焕然一新，如果不是他下意识地手脚乱动，几乎和高杰长得一模一样了。他把麦克风拿在手里，环顾四周，等大家彻底安静下来之后，他大声背诵：今天我讲演的题目是《祖国在我心中》，然后他深吸一口气，像其他人一样，指挥家似的把一只手缓缓抬起："钟山风雨起苍黄，百万雄师过大江。虎踞龙盘今胜昔，天翻地覆慨而慷。人生易老天难老，战地黄花分外香……下面，我来讲一下海豚的呼吸系统"。整个校园爆发出雷鸣般的笑声和掌声，有些人吹起口哨，大家像是过节了一样，在这一圈围墙里面从未有人这么集中地给我们带来快乐。我一边笑得喘不上气一边开始担心，霍家麟这次可惹了大祸了。他在欢乐的节日气氛中讲道：海豚的呼吸是有意识的，如果他们想要自杀，只要让自己放弃下一次的呼吸就可以了。

　　之后霍家麟再也没有走上升旗台，而是走上了教学楼前面的大纸，他的名字后面写着：留校察看。

　　孙老师对他没有办法，她已经把所有能够毁灭他自尊心的话都说尽了，可他的自尊心似乎没有受到任何损伤，而是越发坚定地支撑着他坐在离黑板最远的角落，每天自得其乐地生活。我却渐渐感到有些吃力，看不见黑板，除了我的视力直线下降之外，成绩也不可遏制地向着最后几名迈进，每次面对卷纸的时候，我都意识到这些题目的答案当时应该是写在了黑板上，而我看不见。有些题目明明可以答得上来，想到也许曾经在黑板上写过更简便的解法，心里就动摇起来，觉得看不见黑板是一切的缘由，我是不可能解对的。

刚开始坐在这个位置上的放任自由已经不足以让我说服自己，因为我爸妈已经不能够说服自己，他们的儿子不单是没有像小学的时候考在前面，竟然要成为最差的几个学生，这在他们俩每天十几个小时煮苞米卖苞米的过程里不断地吞噬着他们的耐性，我爸终于在一次考试之后，把我拖过来，用浸满了汗水的皮带抽了我的屁股，我喊着：爸，别打了，我只是，别打了，我只是需要一副眼镜。他停下来说：小兔崽子，你说什么？我说：一副眼镜，我看不见黑板了。他喘着气，把我妈喊过来说：穿上衣服，我们去配副眼镜，然后把皮带穿回裤子上。那天晚上我们三个人走进一个眼镜店，眼镜的价格大出他们两个的预料，在确定了最便宜的镜框和镜片之后，我妈跑回家取了点钱，眼镜店的人让我们三个小时之后来取。回到街上，我爸问：还剩多少钱？我妈把钱掏出来数了一遍，说：三十七块钱。我爸看我一直在偷偷揉自己的屁股，说：走，我们去吃冰激凌吧。那条街上有一家冷食宫，卖五颜六色的冰激凌和冷饮，我小时候每到夏天，我爸都要带我去吃几次，我每次吃三个球，一个白色的，一个粉色的，一个巧克力色的。上初中之后，我就再也没有进去过。那天在取到眼镜之前，他们俩坐在那里看着我吃下了十二个球，还是那三种颜色，每种颜色我都吃了四个，冷食宫里一个人也没有，因为正是一年里最冷的时候，我吃到后来开始浑身发抖，我妈拦住我，说：别吃了，我们的钱不够了。那是我那个冬天里最开心的一天，虽然第二天我的屁股疼得不敢坐在椅子上，只能坐在椅子的一角，还得不停地变换姿势，而且我不停地拉肚子，拉到最后出来的是一种奇怪颜色的液体。

在若干年之后，大夫拿着我父亲的 CT 片，宣布此人已经无药可救的时候，那天的他默默看着我吃冰激凌的情景突然出现在我的脑海里。他的一生就要如此这般走到尽头，我坐在医院的走廊里想，他这一生忙忙碌碌，没有让自己和家人过上好日子，到最后，连动手术的钱都要东拼西凑，没有一件像样的衣服，查出毛病那天，身上穿的是我高中时候的校服。可他一点不笨，读过不少书，下了一手好棋，可这些除了我和妈妈没人知道。要不是后来他在弥留之际，告诉我他生命里的闪亮日子，我真的会以为他的人生是巨大的悲剧。也就在那个瞬间，我才意识到我多么地依赖他，好像只有在他的注视下，我才能放心大胆地吃下一个个冰激凌，虽然他经常揍我，不知道我在想什么，像每一个平庸的父亲一样，可他就像是一根房梁，顶着摇摇晃晃的屋顶，可屋顶从没掉下来，而我就在这屋顶下面过日子。

留校察看的霍家麟说我戴上眼镜之后变得好看多了，我脸窄，是一个天生就应该戴眼镜的人，如果不是孙老师，我还不知道自己有这样的潜力，他就不行，他是个胖脸，戴上我的眼镜像是《地雷战》里的翻译官。我拒绝和他就此事调侃，也不允许他未经我允许碰我的眼镜，鉴于眼镜的花销占我家年收入的比例，如果我这次期中考试没有起色，那我的命运是可想而知的。我鼻子上的眼镜突然成了我所面临过的最大压力，每当我清晰地看到黑板上的题目的时候，我便想到我没有任何借口了，我必须要给这副眼镜一个说法。这个念头每时每刻都跟着我，我找不到摆脱它的办法，除了，自渎。每当我在棉被里的时候，我便忘了所有责任，只是不停地咽着吐沫，期待那一瞬间战栗的欢愉，然后带着疲惫和满手的精液睡去，有的时候一晚上要弄几次，第二天早上洗脸的时候，看到自己的黑眼圈，洗去手上滑腻的精液，我痛苦的一天就此开始。有一天，霍家麟正在研究人的大脑构造，他把从市图书馆查到的数据摆满桌子，如同一桌丰盛的宴席，突然问我：哎，你手淫吗？我说：傻逼，你说什么呢？你才手淫呢。他说：我当然手淫，但是以后我再也不了。我说：为什么？他说：有一个美国科学家说，手淫会损伤一个人的记忆力，当然是轻微的，我研究了人的大脑之后，觉得这种说法可能是有一点道理的。然后他便讲了一通他所发现的道理，我一句也没有听进去。损伤记忆力？那里怎么能够和大脑相关？这对我简直是致命的打击，我唯一的简单快乐的游戏竟然也和学习相矛盾了。从那天开始，每到晚上我把手放在上面，都会想到如果射出来，我的记忆力便会退步一点，这种情绪使我每一次的手淫之后的负罪感到了无以复加的程度，第二天上课，我果真感到好多东西记不住了，脑袋不像昨天那样灵敏。我只好强迫自己放弃这项娱乐，每天晚上我都对自己说：不要玩，明天还要背书，或者，不要玩，明天有一个小考。偶然控制不住，事后马上在被窝里背一段白天的课文，看看记忆力被损害到什么程度，过了一阵，手淫从我生活里消失了，我开始失眠。

霍家麟晚上一定睡得很好，他每天看起来都油光满面，好像什么也不担心。他发现了我的问题，他说：李默，你怎么老淌眼泪？我说：昨天没睡好，楼上有人吵架。过了几天，他问：李默，这堂是数学课，你怎么拿着语文书？我揉了揉眼睛，把数学书拿出来说：昨天没睡好，电褥子忘关了。他说：嘿，你是不是担心这次期中考试？我说：眼镜太他妈的贵了。他说：你老坐这也不行，你还得往前坐，后窗户有我看着就行了，你还是得好好学习，咱俩不一样。我说：怎么不一样，我早就不想学了。他说：不对，你要是学不好，你睡不好觉。我说：你不明白，我现在就是想学也学不好，前面一年落下太多了。他说：孙老师说，这次期中考试就考这学期学的东西，你先把这次考好。我说：我就算这次有进步，也考不了年级第一啊，还是得坐这儿。他说：咱们试一次，代数刚开始讲二次方程，几何讲切线，物理化学上学期刚开课，现在还讲基本概念，这几门我能帮你从头到尾捋一遍。英语我不会，你得自己背，语文会也没用，没准儿，这科就别看了，到时候看运气。现在离期中考试还有十五六天，从明天开始，咱俩六点半到教室，你背英语，我听着，你就当我能听懂，然后这一天你也别听课，咱俩复习咱俩的，就这么定了。说完，他开始在他的书桌上刻小人，小人长了一张窄脸，嘴角高高翘着，笑得很开心，然后他画了一个箭头，箭头的终点刻上了我的名字。我想了想，反正也睡不着，来教室坐一会，我也不损失什么，他的理科我是相信的，比刘一达不差。跑起来被人一枪打死也比坐以待毙强，我决定跑起来，当个移动靶试试看。

那次期中考试成为我初中三年唯一的巅峰，我考了年级第一名，几何代数物理化学加起来丢了一分，英语出奇的简单，大家分数相近，语文题出得很怪，作文是让用白话文写一首唐诗。那首唐诗我恰巧背过，是杜甫的《从军行》，小时候金老师让我们背的时候，还要背上注释，所以每一句的意思和典故我都倒背如流，几乎不假思索地把作文写完，大多数人写的完全是另一个故事。这一科决定了成败，我的总分甚至史无前例地比刘一达还高出五分，高出隋飞飞十分，高出于和美十二分，令所有人瞠目结舌。刘一达很高兴我竟然能超过他，晚上一起骑车的时候他说他挺愿意考第二的，如果第一是我的话，他说他希望第三是家麟，他还说我应该把初一的几何代数再好好看看，他可以给讲讲，这样我将来考试就不用害怕了。隋飞飞、于和美几个人显出极大的愤怒，成绩出来那天，她们突然不和我说话了，好像我的第一名是趁她们不注意从她们那偷的，她们看我的眼神是看小偷的眼神。霍家麟在成绩出来的时候，一下从书桌里跳起

来，撞翻了桌子上的几本书，高兴得不知道说什么好，只是
在反复说：成了吧？成了，成了，虽然他的总分比我少了
一百多分。可在孙老师把我调回前排的时候，他又不停地用
袖子擦鼻子说：李默，书桌里的铅笔别忘拿了，钢笔水，钢
笔水在我这儿，别忘拿了，你的草纸够吗，我这有草纸，你
拿点。好像我不是被调到前排，而是被调到另一个学校。然
后在书桌上刻了一个胖脸的小人儿，嘴巴两边耷拉下来，箭
头冲下，指着他自己的胸口。

　　我把成绩单拿回家的时候，我爸妈不敢相信自己的眼
睛，好像觉得自己的眼睛突然比我还要近视得厉害。我妈穿
上工作服出去买了一斤肉馅，回来包了两屉猪肉芹菜馅的饺
子，我爸就着饺子喝掉了半瓶"老龙口"，然后非要拉着我
出去走走，碰到邻居便指着我说：我最讨厌我儿子戴眼镜，
别看这次考了年级第一，但是我还是讨厌他戴眼镜。

　　这些都是意料之中的事情，可是有一件事情出乎了我
的意料。成绩出来没有几天，霍家麟下课的时候把我叫到厕
所，我们的厕所一般是打架和谈机密之事的场所，我见过乙
班的一个男孩儿正蹲着拉屎，突然跑进来几个人趁他屁股
露在外面，裤腰带卡在胸口，把他揍了一顿，这人被打得
鼻青脸肿，追出去的时候人已经跑没了，他又蹲下来把屎拉
完。我还见过有人扶着厕所的墙拿着一封信大哭，我以为他
是就剩这一张纸能够当作手纸了，结果他哭完之后把信叠好
揣起来然后撒了泡尿走了。霍家麟却是来说正经事的。他告

诉我他在老师的办公室听见，教育局出了一份档，我们学校今年有一个去新加坡留学的名额，在那里读高中大学，学费全免，还发生活费，只是需要毕业之后在那里工作三年。我说：这事需要在厕所说吗？今天有体育课，你球鞋带了没？他说：带了，带了。我还没说完呢，老师说，教育局的档上写，这个名额应该给这次期中考试第一名的学生，那不就是你了？我突然觉得自己想拉屎，赶紧解开裤子蹲下，说：你还听见啥了？他站在我面前说：我没听见别的，老师这两天找你了吗？我说：没有，她把我调回前面就没再找过我。他说：那就对了，她说这话的时候，面前站的是隋飞飞。说完，他满怀期望地盯着我，好像在等着我和他心有灵犀，可是我还是没有明白他的意思。我说：然后呢？他说：你怎么比我还笨？你没听汪洋说，孙老师现在在自己家里开了个补课班，又怕被人抓住，隋飞飞就帮她在班里拉皮条。我说：什么叫拉皮条？他说：我也不知道，我听我妈说的，反正就是帮她拉学生，你懂了没？我说：我说最近孙老师讲课好像老是说一半话呢，原来那一半留着回家说。他说：我操，你还是没懂。她是想把那个名额给隋飞飞，这下你懂没？你拉屎真臭。我说：我是第一啊，档上说是我，她也说了不算。他说：我觉得这里面可能有鬼，你最好去问问她，让她知道你知道了。我说：对，我问问她去。然后我一边使劲一边开始想象新加坡是什么样子，开始想象我远离了这里的一切到一个陌生的国度是什么样子，我忽然意识到，这也许是我一

辈子唯一的机会，像小时候被锁在屋里的时候一样，捅开后
窗户，爬过一排低矮的小房子，跳在邻居的院里，再爬过一
扇高我两头的木门，落在街上，然后在另一个世界，获得新
生。我笑起来，笑容旋即僵在脸上，我说：霍家麟，你带手
纸了吗？霍家麟掏出怀里的笔记本，撕了一张空白的给我。

　　第二节课刚好是英语课，我准备下课就跟着孙老师去
办公室。孙老师却好像知道我在想什么。我们起立坐下之
后，她说：这次期中考试，我们班的李默进步很大，大家鼓
掌祝贺他。掌声过后，她冲着我说：我就知道你有潜力，所
以把你放在最后一排，你这种学生，就得用激将法。我心里
想：你对霍家麟用的也是激将法吗？然后她不看我，对着大
家说：但是，这次考试的数学卷纸的倒数三题，出现了很多
误判，数学组讨论了之后，发现很多同学的证明方法虽然和
标准答案不一样，但是也是正确的，所以决定给一些同学修
改分数，老师们虽然辛苦一些，可是只有这样，成绩才能公
平一些。她拿出一份新的成绩单，说：这个事情对我们班的
影响不大，只是，我看看，年级第一是我们班的隋飞飞，李
默是第二名，还都是我们班的学生，而且就算是第二，李默
的进步已经很大，大家鼓掌祝贺他们俩。我没有鼓掌，趴在
桌子上。整整一堂课，我都没有把头抬起来，我怕看见老
师，不知道为什么，那个时候我就怕是看见她的脸。下课的
时候，霍家麟走过来喊我：李默，体育课了。我没有动，我
感觉如果我把头抬起来，这一节课流出的眼泪会从臂弯里淌

出来。他伸手摸了摸我的头发，我听见他跑出去了。现在回忆起来觉得真的奇怪，我初中三年只流过那么一次眼泪，之后的很多年也是除了吃完大蒜然后不小心揉到眼睛基本没有掉过眼泪，只有那么一次，眼泪毫无预兆地袭来，几乎把我冲垮，好像我对自己的命运有着天然的预感。

之后的几天我一直有些恍惚，我没有向我爸妈说起，说了只会更加印证他们的人生大部分时候都是无能为力的。我的恍惚是因为我一直在和自己讲话，说服自己新加坡这件事情从来没有存在过，我这样的人怎么能和这样的地方发生关系？霍家麟一向喜欢胡思乱想，谁要是相信他的话一定倒霉，他还说人不是从大猴子进化来的，关于新加坡的故事就和猴子的故事一样，只是他小世界里的幻觉。

突然有一天傍晚，孙老师几乎是把门撞开，冲进屋子里，她的脸完全变了样子，像是谁刚刚刺了她一刀，她正要找兵器刺回去。她喊道：李默，霍家麟，给我出来！我俩还没有站起来，她已经跑过来，先是我，然后是霍家麟，她拽住我们校服的领子，把我俩拖出教室去。我不敢相信她竟然有这么大的力气，她几乎是把我们俩一个胳膊夹一个，提进校长室，鲁智深倒拔垂杨柳也不过如此吧。我还来不及想我们到底捅了多大的娄子，就已经立在校长室里，而这时候我发现，我爸妈竟然都在，还有两个中年人站在他们俩旁边，应该是一对卖肉的夫妻，因为男的系着一个围裙，上面都是血和油，如果不是刚杀过人，那就是刚杀过猪。我看到他的脸，忽然明白他就是霍家麟的爸爸，两个人简直长得一模一样，只不过他的脸就像是霍家麟的脸不小心掉在地上，被过往的行人踩了几年。霍家麟的表情比我平静许多，他好像知道这样的阵仗是为了什么。系着围裙的男人突然冲过来，一脚把霍家麟踢倒，说：操你妈的，你活着就是要要我的命，你再不死，我和你妈都让你气死，踢死你，踢死你我给你偿命。他和着自己的节拍，把霍家麟踢得满地打滚，女人并没有上去拉住他，而是两手笼在袖子里，小声说：挣的钱都给你花，你这些年花了多少钱，你把我们挣的钱都花了你。老霍，回家再说吧，老霍。我爸这时候走过来，拉住他，说：同志，这不是打孩子的地方，也没有这么打孩子的。他把两只手在围裙上蹭了蹭，好像刚才是用手踢的，说：大哥你不知道，以后不是他死，就是我死。霍家麟趁机靠着墙站起来，手捂着肚子，人突然小了一圈。在他们走动的时候，我看见柳校长坐在他的大办公桌后面，阴沉着脸，好像在等小鬼们闹完了，在生死簿上打钩。他说话了，我第一次听见他这么近地对人说话，感觉是在听录音机。"霍家麟，这张大字报的落款是你的名字，我现在想听你亲口说，这张大字报是不是你写的？"霍家麟说：是我写的，不是别人。"好，那是谁把它贴在校长室的门上的？是你自己，还是有别人？"霍家麟说：是我贴的，没有别人。霍家麟的爸爸这时又抬起腿踢了他屁股一脚。柳校长说：同志，这不是菜市场，孙老师，如果他再打人，你就把黄师傅喊过来。黄师傅是我们学校资格最老的德育处老师，每天都戴着手铐上班。霍家麟的爸爸说：校长，我就是想让他站直了，你给我站直了。柳校长继续对霍家麟说：同学，你要想好，你的回答对于你很重要，你现在还小，不要以为讲朋友义气是多么光荣的事情，搞不好会耽误你一辈子。他说：我从不骗人，这张纸是我写的，草稿我可以拿给你看，在我的书包里。也是我晚上贴上去的，用了一卷透明胶，我怕有人帮你撕下来，你看不见，我贴了三层。柳校长点点头，大字报一直摆在他的桌子上，一张四开的卷纸那么大。撕下来的人当时一定费了一些工夫，整张纸没有一点损坏，透明胶粘在纸上，字迹就像写在水里一样。

　　柳校长把它递给孙老师，说：你给几位同志念一念。孙老师接过来，小声念：大字报……柳校长说：大点声，你不知道大字报怎么念吗？孙老师努力笑了笑，大声念：大字报：炮打孙老师。红军不怕远征难，万水千山只等闲。五岭逶迤腾细浪，乌蒙磅礴走泥丸。柳校长，我是初二丁班的一名学生，李默也是初二丁班的一名学生，孙老师是我们的班主任，也是我们的英语老师。李默是这次期中考试的年级第一名，我不是，隋飞飞也不是，李默应该去新加坡，不是我，也不是隋飞飞。孙老师……念到这里她停下来，有些不知所措，霍家麟小声说：篡改。原来她不认识"篡"字，这不奇怪，我们的老师们经常会不认识一些字，语文老师倒是认字多些，可是有时候会把考试分数算错，她会被两位数之间的加法搞糊涂。孙老师排除了障碍继续念道：篡改分数的做法违背了毛泽东思想、邓小平理论、五讲四美、以德治国和柳校长制定的校规，我坚决拥护毛泽东思想、邓小平理论、五讲四美、以德治国和柳校长制定的校规，我要向孙老师这种行为开炮，不只一炮，如果她不改正，我还要继续开炮，我愿意做一门拥护毛主席、邓小平同志、江泽民同志和柳校长的迫击炮。最后，我想说的是，去新加坡的应该是李默，不是我，也不是隋飞飞。此致敬礼。初二丁班，你的炮手，霍家麟。校长室里安静下来，霍家麟的文采超出我的预料，他竟然称自己为"你的炮手"，他竟然还要拉拢柳校长做自己的后盾，我一度不敢相信这是他写的，可是确实是他的字迹，忽大忽小，弯弯曲曲，一个念头忽然穿过惊讶和怀疑出现在我的脑中：我有了一个真正的朋友。柳校长说：开炮这个词你从哪学的？霍家麟说：我们曾经做过一道阅读题叫《炮打司令部》。柳校长点点头说：霍家麟，你的出发点是好的，有什么事情可以讲，我们学校一直鼓励学生把自己的想法讲出来，这样我们才能知道你们想些什么，才能更好地教育你们。我心里想：完了，后面是可是。柳校长说：可是，你的方法是极其错误的，极其偏激的，你的这篇东西，是会毁掉一个年轻教师的，也会毁掉我们整个教师队伍对于学生的爱惜。你明白我的意思吗？他摇头说：我说的是事实。她先错的。柳校长说：这个我会调查，谁错谁对不重要，重要的是我不能允许类似的事情再次出现在我的学校里。霍家麟的妈妈说：校长，你给他一次机会，他是一时冲动，而且他也不是为了自己。我爸马上说：校长，这件事情和我们家孩子可没有关系，我们家李默完全不知情，他我还不知道？他没那个胆。霍家麟的妈妈哭起来：霍家麟从小就老实，别人说什么都信，他就是让人当枪使了。霍家麟说：妈，这件事情就是我一个人干的，你诬赖别人干什么？霍家麟的爸爸的右手应声动了一下，他应该是想到了黄师傅，手没有举起来，嘴里说了句：你等回家的。柳校长摆了摆手说：你们的意思我都明白，这件事情我已经心里有数了。这件事情虽然和李默有关系，他一进来我就知道他什么也不知道。孙老师改分数的做法如果确实有问题，学校绝不姑息，一定严肃处理，该谁去新加坡就谁去，按照上级的档来。他挪了挪面前的茶杯，靠在椅子上，从抽屉里拿出一摞钱，对霍家麟说：这是三千块钱，退给你，这是你留校察看的记录和这三千块钱的收据，这不是开除，名义上你还是我们学校的学生，中考我们也会安排你参加，但是从今天开始，你不用来上学了，我们学校的老师教不了你。然后他对着霍家麟的爸妈说：如果你们俩觉得我的处理有什么问题，你可以向相关部门反映。一会孙老师会安排你们在收据和相关材料上签几个字。孙老师，送几位同志出去，刚才是张宇接的他们吧，一会让他把几位同志送回去。

晚上走进家门，我爸正坐在饭桌后面抽烟，他问：真有新加坡这回事吗？我说：我不知道，不知道霍家麟从哪听来的。他说：校长说有档，那应该是有这么回事。我说：我不知道，我们谁也没看过档。我妈拿着一把筷子，撒到桌子上说：吃饭了。我爸说：嗯，去洗洗手，吃饭吧。然后把烟头按在烟灰缸里。

过了两天，学校的教学楼上，记过和留校察看的学生的名单旁边，出现了一张红榜，是这次期中考试的最终成绩，第一个不是我，也不是隋飞飞，是一个我们谁也不认识的名字，看名字应该是个女孩子，不知道她后来在新加坡生活得好吗，那到底是个什么样的国家。

孙老师连续几个星期情绪极坏，把隋飞飞都骂了几次，还取消了我们的体育课，她经常在讲课的时候突然开始数落我们，从骂我们脑袋笨开始，最后一句一般都是：你们这帮白眼狼。

从1998年的冬天，到2008年的冬天，这十个春秋，我经常和霍家麟见面，他初中毕业之后去了一个极差的高中，念到高二退学回家。这么多年，一直待在家里，白天睡觉，等他爸妈睡下之后起床看书，前面几年他一直在研究解析几何和电磁铁，中间几年好像说发现了宇宙里反物质存在的证明，这些研究和发现都属于他自己，他从未想过让除了我之外的其他人知晓，更没有想过要去考个夜校或者学门手艺，到社会上混口饭吃。他一直靠着他的爸妈卖猪肉猪排骨猪血养着他，他爸开始的时候经常要把他打出去，可他很禁打，每次挨完打，躺在床上就能睡着，第二天还是赖在

家里。后来，他爸得了膀胱癌，命暂时保住了，膀胱没有
保住，腰的附近就多了一个尿袋，每天要倒几次，还得定
期打消炎针，于是就打不动他，只能躺在床上指着同样躺在
床上的他骂，他有时候会回嘴，因为他知道虽然两张床离得
很近，可对于他爸却是无法逾越的距离。两个每天躺在床上
对骂的男人要靠着一个女人独自卖肉来养，我经常会想象这
三个人是怎样痛苦的一副组合。到了 21 世纪之后，霍家麟
得到了一台计算机，是一个亲戚淘汰下来的废品，他每天跑
到图书馆，终于自己把计算机修好了，还学会了偷邻居的网
线，他说：反正他们晚上都睡觉了，我和他们谁也不耽误
谁。没多久，他又学会了用代理器上一些国外的网站，他不
怎么懂英文，可他说他能看懂，我不知道他能看懂些什么。

　　我们每周都要聚在一起踢球，他的脚还是那么硬，穿
的也还是初中时候的校服，他后来几乎没怎么长个儿，自行
车后面夹着初中时候的破书包。无论我站在哪，他都要把球
传给我，有时候会惹一些陌生人的不高兴，我只好拉着他走
掉，我可不想和他一块挨揍。有一天他跟我说：这周他不能
来踢球了，他要练功。我说：练功？他说：嗯，练气功。我
说：我还以为你不信这个？他说：这个不一样，他解释了我
很多疑问。他告诉我什么叫作真与善。几个月的时间，他不
断瘦下去，不知道他是在练气功还是在喝减肥茶。没多久，
霍家麟又出来踢球了，可是心情看起来很不好，他说：李
默，原来都是假的。我说：什么是假的？他说：都是假的。

我没明白他的意思，觉得他又出来踢球就是好事情。可从那以后，他的身上开始起了变化，他不再和我讲，他在做什么实验，他心中的宇宙在进行着什么样的演变，而是经常和我谈起新中国成立之后的历次运动，我搞不明白为什么他突然对政治和近代史发生了兴趣，而且主要是政治黑幕和近代野史，后来我渐渐明白，原来他是为在为自己的沉沦找原因，关于宇宙和自然界的问题已经不能给他这个世界为什么会变成这样的准确答案。虽然我混得也不怎么样，可我不能同意他的说法，我告诉他这已经是一个完全不同的时代，苦难依然在民间流行，但是已经完全不是我们父辈经受的那种。而且我们都太渺小，都不配把整个时代作为对手，我们应该和时代站在一起，换句话说，自己要先混出个样来。他也完全不能同意我，他说他拒绝和这样一个令人恶心的时代同流合污。

在很长时间里，我们谁也不能说服谁，可我们也没有因为对时代的看法南辕北辙而疏远，我们还是经常在一起踢球，然后找一个饭馆，喝上几瓶啤酒，他讲他的信念，我讲我的生活，好像在面对另一个自己自言自语，因为谁也说服不了谁，后来干脆变成一种光有诉说而没有倾听的谈话。我们唯一的共同话题是追忆我们的初中生活，我这才发现他把那段时光当作他一生里最美妙的时光，尽管他企图和整个体制对抗然后被碾了个粉碎，可是他觉得那时候他能和他最好的两个朋友坐在一个教室里，不管当时他受了多少迫害，他管这个叫迫害，他还是无比怀念他仅有的两年的初中生活。到了 2007 年，一天他兴奋地告诉我，他终于找到了他一生的研究方向。我问：什么方向？他说：朝鲜。我一时没有明白他的意思，我还以为他想要到朝鲜留学，可是朝鲜是不是有大学我都拿不准，他说：我要研究朝鲜这个国家。我说：那个国家有什么研究的？不就是一个臭流氓？那时候朝鲜正和美国闹别扭，说自己兜里其实揣着原子弹，别看你过得好，我扔你一个，你扔我一个，咱们两个国家就都回到史前了。他说：你不知道，朝鲜太重要了，他是我们的过去，也是我们的未来。我说：照现在看，我们的未来即便不是美国，也不可能是朝鲜。他说：你不知道，李默，这方面你真的不知道。我心想，好吧，那我就不知道吧，在家研究朝鲜，总比时刻准备着提着冲锋枪上战场让人放心。之后他便经常和我讲起他的研究。我开始觉得有趣，像是听评书一样听他义愤填膺地讲下去，可是随着他研究的深入我开始有些担心，他讲这些事情的时候变得小心翼翼，有的时候环顾左右，好像随时要塞给我一张秘密图纸。有一次吃饭吃到一半，他正小声讲着朝鲜政府怎么改装老百姓的收音机，让它只能收到一个频段，就是朝鲜中央广播电台，突然他喊道：老板，结账。我说：干吗？我还没吃完呢。他把食指放在嘴唇上，示意我不要出声，然后又喊：结账！出来之后，他告诉我：那家饭店不安全。我说：哪不安全？他说：坐我们侧后方那个人有问题。我的心里升起来一种十分不好的预感，而根据我对于预感的经验，不好的预感通常都要成真。我这次的预感是，我的朋友好像是要疯了。

在我父亲生病的时候，他被杀猪的父母送进了精神病院，导致此事的直接原因是他把他家养了五年的猫掐死了，他怀疑这只猫是间谍。我没有时间去看他，在我父亲去世的时候，我想到我这个认识了十二年的朋友，虽然他已经疯了，可是我还是想找他说说。他接到我的电话马上听出是我，他说：默，你一定是有事找我。我说：你还好吧。他说：我很好，我尽量表现得像个疯子。你那边出什么事了？我尽可能平静地说：我爸今天去世了。他说：叔叔遭罪了吗？我说：最后他肺子里长满了肿瘤，他是给憋死的。他说：肺癌最惨的是，人被活活耗死，叔叔这种还算可以了。我爸的癌症最近也扩散了，我希望他赶快死掉，起码还能像个人一样死掉。我说：既然人要死，为什么还要活着呢？他说：其实，人是不会死的，因为，人在死去那一秒已经不是人了。我说：你什么时候能出来？他说：我进去的时候，大夫问了我无数的问题，我只问了她一个问题。我问：什么？他说：我问她：你只需要告诉我，你们放不放无辜的人？我说：她放吗？他说：她笑了，说，欢迎你，这里都是像你一样"无辜"的人。

当他在我父亲葬礼的清晨，提着书包向我走来的时候，我怀疑我不但睾丸出了问题，因为过度劳累，我的精神也出现了幻觉。可马上我知道这不是幻觉，一辆救护车从他身后赶上来，车上跳下来几个男护士，七手八脚把他擒住，他向我喊道：默，别哭，我在这儿呢。他被拖上车的时候，灵车也发动起来，我坐上灵车，向外洒起纸钱，向着和他相反的方向驶远了。

　　我最后一次见到他，是在我父亲头七之后，我挂着孝走进他的病房。精神病院在离城区很远的地方，也围着铁丝网，可比我们学校的网高出很多。大夫说，他已经认不得人了。我说，一个星期之前他还认得我。大夫说，被抓回来后，他的病情恶化得厉害，院里也加大了药量，辅以物理疗法。他的病房干净得很，没有油渍，没有乱堆的书本和草纸，只有一排白色的病床。他的床靠窗，我把水果放在窗台上，他正坐在床上看书，是《时间简史》，我知道他初中时候就看过，不知道为什么这么多年之后又重看。他好像没有发觉他的床边多了一个人，我叫他：家麟。他抬头看了眼我，说：别问我，我什么都不知道。我说：这儿怎么样？他把眼睛移回书上，说：此地甚好。我想起来，这句话他曾经给我讲过，是瞿秋白临刑前说的。我说不出话来，在他的床上坐了一会，我说：我先走了，你多保重，出来的时候我们一起踢球。他像是没有听见，等我站起来，他突然看着我，说：书桌里的铅笔别忘拿了，钢笔水在我这儿，别忘拿了，我这有草纸，你拿点。我找到他的手握了握，走了。

　　大夫说我走之后，他的情绪变得很不稳定，袭击了护士，禁止我再去探望。

　　我再也没踢过足球。

第七章　她

她站在讲台上，穿着白衬衫，她说：我叫艾小男，来自南京九校六年三班。然后迈步走回座位。放学回家的时候，我用上初中之前的暑假攒下的五块钱，买了一个当时最贵的日记本，上面有一个小锁头。回到家里，等他们俩睡着，我跑到厨房，把日记本搁在灶台上，用小钥匙拧开小锁头，写：1997 年 9 月 8 日，星期一，天气，晴，很热。今天是一个特别的日子，我喜欢上一个女孩儿，她穿着白衬衫，她叫艾小男。

　　2011 年的一天，我喝过酒，醒来。前一天晚上我摔碎的碗还在地上，碎得和昨天一样，我跨过去走进书房，拉开所有抽屉，把抽屉里的东西一件件掏出来，扔出房间，终于找到那本日记本，没有钥匙。我用放在袜子里的钥匙，打开，一篇篇日记看过去，看到 2000 年 7 月 10 日，星期二，天气，阴，晚上要下雨。底下写着：今天是我最悲伤的日子，毕业了，我爱的人走了，她甚至都没有看我一眼。我想，我再也见不到她了，中间涂掉了几个字，后面接着写道：我告诉自己，就当她死了吧。只有这样，她才不会老。我把这页翻过去，露出空白的发黄的一页，我在地上找到笔写：2011年1月23日，也许是星期六或者星期日，天气：晴，冷。我停下来想了想，把笔和日记本放回了抽屉。

我不知道她是不是漂亮，从我看到她第一眼的时候，我就忘记了她是不是漂亮。她有一双特别的眼睛，我不能把她的眼睛比作什么，比作什么都不对，那是一双眼睛，在我十三岁时第一次看到那双眼睛，我才知道我之前看到的很多眼睛不过是一对眼球，好一点的有漂亮的睫毛，而她的眼睛才能叫作眸子。

开学没有几天，我的同桌王黎雪问我：李默，咱们班你最讨厌谁？我说：孙老师。她拧了我一把，说：你傻啊，不算老师。我捂着胳膊说：你。她又在原来的地方拧了我一把，说：为啥？我说：你手太黑。她说：那我不掐你，你说，除了老师你最讨厌谁？我想了想说：咱们人我还没认全呢，不认识咋讨厌？你再等两天吧。她用手把辫子扔在脑袋后面说：你知道我最讨厌谁吗？我说：不是我吧？她说：已经很接近了，但是不是你。我最讨厌艾小男。我努力控制住自己不去揪她的头发，说：为什么？说完我发现自己语气很像是电影里汉奸引蛇出洞的语气。她说：我也不知道，可能是因为她不穿校服，老穿白衬衫。我说：老师不是说，没她的号码吗？长短够的，瘦，胖瘦够的，太长。她说：那就是她长得畸形，前胸鼓出来两块，还老挺着胸。我说：她自我介绍的时候不是说，她学过舞蹈吗？她瞄了我一眼，说：你怎么记得这么清楚？我赶紧把书包打开，胡乱抓到一本书掏出来，说：你还说你学过画画呢，我都记着。这节是语文课吧。她说：是语文课，你把代数书拿出来干吗？我问过好几个人，他们都说最讨厌艾小男。我说：你都问谁了？她说：隋飞飞，于和美，曲英才，汪洋，还有几个，我忘了，反正大家都讨厌艾小男。孔老师走进来，说：上课。于和美喊：起立。孔老师用正气凛然的目光在班级里扫了一圈说：李默，你怎么才把书拿出来？下课时候想什么呢？坐下。我把语文书翻开挡住自己的脸，小声说：其实吧，我也讨厌艾小男。王黎雪也把书举起来，说：你看，我就知道，谁能不讨厌她呢？刚才你还不跟我说实话。我想说：你不问我，我没发现，你一问，我才感觉到我烦死她了，天天像只天鹅似的，不对，像只母鸡似的在教室里走来走去，她怎么不穿芭蕾鞋来上学呢？这时孔老师说：李默，起立。我马上举着书站起来，她说：你不要动，对，就保持这个姿势，让大家看看，这叫什么学生？我上下打量了一下自己，校服的上衣和裤子都穿得整齐，扣子也系得一个对着一个，鞋子脏一点，可是也没露脚丫子。大家也没有发现问题，有几个女孩子顺着孔老师的目光笑起来，可旋即发现不知道自己在笑什么。孔老师说：刚才你没有书，现在倒好，把书拿倒了。

　　十一年之后，我和她说起当时和王黎雪的对话。我问她：你知道不知道，那时候大家都讨厌你？她说：是吗？都谁讨厌我？我说：隋飞飞，于和美，曲英才，汪洋，我也跟着说我讨厌你来着，要不然她就掐我。她说：我知道你肯定是讨厌我，别人我不知道，但是曲英才不可能讨厌我。我说：你怎么知道？她说：他是我的同桌啊。我说：那很有可能更讨厌你。她抬脚轻轻蹬了我一下，我装作要从床上掉下来，她伸手拉住我，用手指摆弄我的胡子，说：你知道他们家是干吗的吗？我说：不知道，我就记得那时候他就穿耐克鞋，我到现在都买不起。她说：我开始也不知道，开学有一个月吧，他和我说，哎，你今天中午吃什么？我说，我妈给我带的饭盒。他问，什么菜？我说：麻婆豆腐。他说：豆腐有什么好吃的？你中午跟我走吧。我妈那时候告诉我，永远不要吃男孩子的饭。我说：你妈那时候就教你这个？怎么和现在教的正相反呢？她说：你别插嘴，一会我忘了。我说：你说，你说，你要跟他走。她说：不是，我说，我不去，我就爱吃麻婆豆腐。他就哭了。我说：什么玩意？这就哭了？她说：是啊，也把我吓一跳，我说你别哭了，我跟你去吧，不过得早点回来，下午第一节是班主任的课。他马上就乐了，说要跑出去打电话。中午的时候，我要去取自行车，他说不用骑车，我以为就在学校旁边，心想这下更好，肯定不能迟到。到了校门口，停着一辆汽车，一个司机下来把门打开，他拽着我坐上去。然后我们到了一个饭店，叫红房子。吃了两份牛排，喝了一碗红汤，对了，最后还吃了两份冰激凌，他不结账就走了。下午倒是没迟到，可我不知道这是怎么回事，一直在想，怎么有饭店不要钱的，下回我可以自己去。我说：你要是去了就好了，吃一顿得刷一年盘子，现在那儿也是最贵的。她说：是啊，后来他再叫我去，我就不去了，一个是不好吃，一个是我有点晕车。我心想，幸亏你晕车，红房子要是吃惯了可不是什么好事儿。她说：然后他就开始给我钱。一下就给一摞。我说：那时候我的钱也是一摞一摞的，都是一块的，摞得可齐了。她说：都是一百的。我不敢要。我说：又是你妈教你的？她说：不是，我觉得是假的，都特别新。他书包老装着几摞，他随便抽出一摞给我，说：拿着花，不用害怕，我不跟别人说。我问他，钱是哪来的？他说：在家里捡的，他家里床底下，衣柜里，鞋盒里都是钱。我说：我那时候怎么没发现他有妄想症呢？她说：你还记得不，从上初二开始，他就不穿耐克鞋了，和你们一样，穿嘎达鞋。我说：我想不起来了，我记得他从初二开始就基本上不怎么说话了。她说：初二刚开学，他爸让人给枪毙了。

　　曲英才的故事那时候除了她，别人无从知晓。她也许一直坚持着一个原则，一个男孩儿和她的故事只属于他们俩，在大家都坐在一个教室里的时候，不向任何人提起，下一个男孩儿也不行。我到现在也不知道当时有多少男孩儿给她写过情书，或者，在她放学时候，等在自行车库里向她表白。她曾经努力帮我回忆，可是说到后来总是觉得似乎还有人被遗漏。这实在对于人家不公平，辗转反侧鼓足勇气向喜欢的女孩子表白，不但要承受被拒绝的苦涩，到头来，连表白这件事情都被忘记了。她灵光一闪，开始使用排除法回忆，她拿出初中毕业时的照片，指着一个个毫无笑意的小脑袋，说：这个，这个，这个，还有这个，没有追求过我。我在指甲停住的地方看去，一个是刘一达，一个是霍家麟，一个是陈志强，还有一个就是我。

她的名声开始的时候并不是来自于男生，而是来自于她的成绩。

虽然她考上来的时候，成绩平庸，可相对于她之后的成绩来说，简直是无法重现的辉煌。从上初中的第一次摸底考试开始，她一直是我们班的最后一名，连那些花了钱或者托了关系上来的孩子，都能够坦然地考在她的前面，我一直纳闷她是怎么做到的。尽管她被孙老师骂了多次，也曾经当着大家的面说她一天到晚就知道臭美，才多大，走路就知道晃屁股。她也不以为意，每天放面镜子在桌上，用大量的时间修整自己的头发，整理自己的领口，有时候冲着镜子笑一笑，然后好像是被自己镜子里的笑陶醉了似的，发愣。可男老师们却好像不关心她的成绩，他们总是想办法让她站起来回答问题，然后看她像是在舞台上一样，盈盈地坐下。有时候明明好多人把自己的手举得老高，他们却好像是苍蝇一样，看不见静止的物体，只能看见远处的她，正用手轻轻拨开额前的头发，一会向左，一会向右。他们说：艾小男，你来说说。她便自信满满地站起来，看着老师说：说什么？

老师说：这辆车的加速度最后是多少？她看着老师的眼睛，说：老师，我不知道这辆车的加速度是多少。老师笑着说：这道题确实是比较难，已经超出考纲了，你坐下，我再讲一遍。打领带的历史老师是最喜欢玩这种游戏的人，有时候他一堂课要把她叫起来两三次。一次他问：回答一下，《马关条约》的内容。她说：老师，我不知道《马关条约》的内容。他说：没关系，你看看书的第四十九页，第三行。她才发现她的桌上只有镜子，没有历史书，这时历史老师走过来，把书递给她，指着其中一页说：从这儿开始念。她清脆地念道：中国从朝鲜半岛撤军并承认朝鲜的"自主独立"；中国不再是朝鲜之宗主国；中国割让台湾岛及所有附属各岛屿、澎湖列岛和辽东半岛给日本；中国赔偿日本军费白银二亿两（二万万两）；中国开放沙市、重庆、苏州、杭州为商埠；允许日本人在中国通商口岸设立领事馆和工厂及输入各种机器；片面最惠国待遇；中国不得逮捕为日本军队服务的人员；台湾、澎湖内中国居民，两年之内任便变卖产业搬出界外，逾期未迁者，将被视为日本臣民；条约批准后两个月内，两国派员赴台办理移交手续。增辟通商口岸。老师随着她的节奏微微摇着脑袋，然后说：非常好，念得非常好，请坐，你对历史很有天赋，不要荒废了自己的天赋。后来，历史老师的问题更让人摸不着头脑，他把她叫起来问：回答一下，五四运动发生在哪一天？她说：是五月四号吗？如果换作旁人，他便要骂起来，说：到底是他妈的我问你，还是你问我。结果他说：非常好，回答得非常好，你对历史很有天赋，请坐。

武恺是我们班最标致的男生，他生了一头微黄的卷发，像是一片麦浪。一双眼睛细长，却藏着双眼皮，不笑的时候有些冷峻，一旦笑起来又显得十分天真。皮肤有些黑，个子又高，穿着我们的蓝格子校服，像极了刚刚出海归来的水手。初一下学期，大家渐渐开始传说艾小男和他好上了，有人有鼻子有眼地说曾经在艾小男的家附近看到他们俩手拉手，临别的时候，艾小男踮起脚亲了武恺的脸。还有人说，艾小男的书包里有武恺写给她的情书，写得不赖，第一句是：你的眼睛像天上星，于是我开始憎恨太阳。我都不信，我相信艾小男谁也不会喜欢，她不应该喜欢上任何人，她应该独自欣赏自己的美，怎么能把自己这么宽广的美只献给一个男生？而且我经常整理她的书桌，哪有什么情书？那时候，我几乎知道每一件艾小男喜欢的事情，她喜欢《神雕侠侣》，喜欢小说，喜欢电视剧，喜欢电视剧里的主题歌《归去来》，我就借了盘磁带，把这首歌学得烂熟，虽然我天生的五音不全，唱起歌来连我自己都害怕，可我还是每天练习，有时候上课的时候也不自觉地哼哼。一天王黎雪说：你在唱《归去来》吗？我说：是啊，你听出来了？她说：我觉得歌词应该是《归去来》的。她喜欢吃苹果，书包里经常放着一个，上午吃半个，然后用小手绢包起来，下午自习课的时候再拿出来吃半个。她吃苹果的样子好像小松鼠，两只手捧着，牙齿搁在上面，细致地咬过去。她喜欢穿白衬衫，她拥有各式各样的白衬衫，据说都是她妈妈的，每一件都比她的身体长一块，可这样一来，她像是穿了一条别致的裙子，更显婀娜。她喜欢穿黑色的小鞋子，矮矮的后跟，上面一个横系的黑色布带，在脚外侧扣上，露出大片的皮肤。夏天她不喜欢穿袜子，裤子又似乎故意穿得短一些，露出洁白的脚踝和被黑色布带一分为二的脚面，走起路来双脚兜着小小的弧线，像是一双被黑色睫毛挡住的眼睛。她喜欢读诗，听说她喜欢《唐诗三百首》里的每一首诗。从知道这个消息那天开始，每天回家除了把小锁头打开写我的日记，我翻出了一个我爸小时候上学时候的日记本，红色的封皮，脊背是黑色的，封皮上有一句话：革命不是请客吃饭。除了这句语录，本子里一个字也没有，空白的书页散发出将近三十年来，抽屉深处的气味。我用双钩法，开始誊写《唐诗三百首》，一首五言绝句要写半个小时左右，我算了一下，初中毕业的时候刚好可以写完，我决定把这个作为我送给她的毕业礼物。我几乎知道她喜欢的所有事情，从来不知道她喜欢一个叫作武恺的小子，她每天说的话，做的事，微笑，走路，照镜子，趴在桌子上像猫一样睡去，都不曾告诉我，她喜欢一个叫作武恺的小子。即使那年区里的文艺汇演，她像陀螺一样在舞台上旋转，芭蕾鞋像要钻进舞台一样，武恺穿着黑色的小礼服，黑色的短裤子，白色袜子，黑色皮鞋，在她身边踩着蹩脚的太空步，然后在曲子终了的时候，双手钳住她的腰，把她像奖杯一样高高举过头顶，掌声和口哨声响彻区里的军人俱乐部，我还是不相信，她会喜欢这个，美得发腻的沉默寡言的小子。

一天我和汪洋们一起走进许可的家。许可和武恺是好朋友，可那天没见武恺来。我们几个在客厅里坐下，许可拿出他新买的光盘，我们屏住呼吸，装作谈笑风生，互相开着玩笑，可心里都在期盼今天这部电影最好是无码的。电影开始的第一个镜头，一只黑人的鸡巴像小树干一样横贯屏幕，我们这颗心才算放下。在电影进行到高潮的时候，汪洋说：我怎么感觉，这帮逼像是缝纫机似的呢？大家哈哈大笑，许可用遥控器把电影快进，大家笑得更厉害了。这时我隐约听见，笑声里好像有女人的声音。汪洋说：这是谁啊，笑得跟女的似的？我们都不笑，互相看着，原来笑声是从许可家的卧室传来的，不是因为电影，因为电影已经停下了，而笑声还在断断续续地传过来。汪洋站起来，说：许可，别告诉我你卧室还有台电视。汪海说：我看是真人儿吧，许可，是咱班的不？我没有说话，那笑声让我害怕起来。许可一步跨到卧室门口，把门把手挡住，说：以后你们还想来不？汪洋那时候已经决定要去加拿大，跟着家里移民过去。他长得像个成人，初一的时候就已经长出连鬓胡子，胳膊像我的腿一样粗，他有次打了体育老师，结果体育老师竟然赔他五百块钱，因为他的手揍在老师的额头上，骨裂了。汪海是他的双胞胎弟弟，长得却完全不一样，瘦小得像是一只流浪艺人肩膀上的猴子。他有着无尽的好奇心，班上的什么事情他都要清楚，对正经事情却没有一点求知欲。许可的威胁显然激起了汪海进一步的好奇和汪洋极易染上的情绪：愤怒。许可看见汪洋开始寻找自己的拳头，泄气了，后来我才知道，许可的父亲虽然是房地产商，钱多得花不完，可汪洋的父亲是市发改委的领导，无论是儿子还是父亲，和他们一家叫板一定没有好果子吃。这时候楼下传来了汽车喇叭声，许可喊道：快走，我爸回来了。汪洋把头伸出窗子，他说：还真是你爸的车，下午我再找你。大家马上收拾东西，准备逃走，这时候卧室的门开了，武恺和艾小男走了出来，两人一身汗水，她的短头发上挂着水珠，鼻翼急促地收缩着，像一只刚刚被扔上岸的鱼。我忽然感觉到自己的心好像被一根冰锥刺透，寒意和疼痛传遍我的皮肤，一时不知道自己身在何处，小时候背过的一句词突然在脑海里出现：梦里不知身是客，一晌贪欢。不再是被指头轻轻一戳，而是被拳头击在脸上，我差点坐倒在地，失去意识。汪洋拉着我，说：快跑。我的眼睛一直钉在他们俩身上，我就这么扭着头，被拉着跑走了，越跑越快，到最后，我是第一个跑回班级的。

坐在座位上，我的胃突然极度抽搐起来，我赶紧又站起来，跑到厕所，蹲在一坨屎上面，呕吐不止，早上喝的粥和中午吃的茄子，通通变了样子，再次出现在我的眼前。晚上回到家，我还是像往常一样，拿出我爸的日记本誊写了一首唐诗，字竟然写得比过去还要好看一些。然后我打开自己日记本的锁头写下：1998 年 11 月 6 日，天气，晴，有微风。今天，今天是我生命里，最黑暗的一天。

我和她第一次躺在床上，1998 年那天的情景就好像是被探照灯直射一样，在记忆的角落里站出来，让我不能专心去感受她的身体，她的柔情。我跳下来，穿上内裤，点了一颗烟，说：给我一分钟。她笑着坐起来，从我的身后抱住我，说：不着急，要不我们聊天吧。我把烟灰弹了弹说：别烫着你。我忽然说：你还记得吗，初二的时候，有一天，在许可家。我把烟灰缸挪了挪，说：在许可家，我们曾经遇到过。她说：完全，不记得。我说：我看见你和武恺从卧室里走出来，那天汪洋汪海也在。我没别的意思，我就是想说，挺巧的。她把胸罩找到，挂在身上，转过身来说：帮我钩上。我钩了几次，都没弄好。她的手伸过来，说：你躲开，我自己来。我说：我真没别的意思，我就是说，咱们俩有缘分。她说：今天就是因为这个吧。我说：那天，你和今天一样，头发也是湿的。她突然转过来，说：那是因为，我刚跳完舞。我说：在卧室里跳舞？她说：他喜欢看我跳舞，我就跳给他看，那时候我挺喜欢他，他把我当女王。我说：他怎么也一身汗呢？她说：他给我做俯卧撑。他能一口气做二百个。我喜欢他在我面前做俯卧撑，我让他做，他马上就趴在地上做。我就喜欢，男孩儿在我面前，像个小傻子。我的心里好像突然亮起了一条街的灯，我说：他就没想过，亲你一下什么的，我就不信，他没说要亲你一下。她骄傲地笑起来，说：他敢！你见过哪个奴才，敢亲他的女王的？她突然叫起来说：你怎么了？我的内裤像是帐篷一样支起来，我伸手把她胸罩的钩子打开，一下就成了。

那黑暗的一刻使我在夜深人静的时候，开始不断地问自己：人，为什么要活着呢？既然活着几乎没有什么欢乐可言，只有花样迭出的苦痛。人，如果非要活着，也一定是孤独的，为什么还要装作能够被人理解和理解别人一样，活在虚伪的人群里？人，会思考，人能意识到自己在思考，这是多么可怕的事情，思考现在自己正在思考什么，思考思考现在正在思考的自己在思考什么，这种区别于动物的自我意识是不是所有人疯狂的起源？因为担心手淫会损伤记忆力引起的失眠症加重了，我开始整夜地无法入睡，把枕头搬到床上的各个角落，然后让脑袋落上去，都无济于事。我只好坐起来，盯着卧室的窗帘，看它一点点被阳光照亮，像是一张白纸后面一点点出现了一只眼睛。这种状态持续了半个学期之后，我到了崩溃的边缘，新加坡事件和武恺事件让我意识到，像我这样平庸的人，也许终我一生，也不会遇到美妙的事情，只有因为没有看透玄机而燃起的幼稚的希望，然后希望被击碎变成了绝望。我把剪子放在枕头底下，每天上床的时候都伸手摸一摸，确定它百分之百地与我同在。我没有想到跳楼，吃安眠药，卧轨之类的方式，只想到用剪子剪破自己的喉咙。也许是我想在死之前，先成为一个完完全全的哑巴。其实我当时并没有意识到，只要换个方式就可以活下来，像动物一样活着，放弃思考的权利，放弃对美妙事物的期盼，按照他们教我的方式，做一个言听计从的孩子。那时候，我还是太小了吧。

就在我对于剪子的渴望强烈到几乎不能自抑的时候，艾小男把武恺甩了。她不和他说话，他迎面走来，想和她解释什么事情，她像是没有看见他一样，从他身边走过去。他消沉了，许可说，他甚至不知道因为什么原因，前一天还好好的，她还说他过生日的时候，要送给他一个特别的礼物：她小时候的照片。他一直想要一张她的照片放在钱包里，每天带在身上，她之前一直没有答应。可就在他生日的前一天，她写给他一张纸条，说：晚上我要自己回家。然后就再也不搭理他了。武恺不知道他做错了什么事情，每天围着她打转，希望她能可怜可怜他，就算不再和他恋爱，至少要给他一些分手的线索。她用沉默和视而不见冷酷地拒绝了他最后的要求。他的成绩一落千丈，几乎和她差不多，也许他只剩这一种方式与她接近了。

我的失眠症没有因此好转，生活的光亮没有因为武恺的退出而出现在只属于我的漫漫黑夜里。因为我发现，自从罢黜了武恺之后，艾小男不再骑自行车来上学。一天放学的时候，我让刘一达先走，然后偷偷跟着她走出校门。转过学校旁边的公园，她的脚步轻盈起来，像一只鹿一样蹦蹦跳跳，她应该是在哼着一首歌，因为离她太远，我没法听见是什么歌，只能看见她的书包在屁股上一上一下，两只脚错落有致地跃起，然后合着某种韵律落下。又转过了一个街角，在一个专门卖辅导书的书店门口，停着一辆黑色的摩托车，一个结实的男孩子坐在上面，独自玩着头盔的带子。她快跑了两步跳上去，男孩子把头盔递给她，自己却光着头，用手拨了拨眼前的长头发，猛地一蹬，摩托车发动起来。我看见艾小男把头盔的带子弄好，从后面戴在她的司机头上，然后双手搂住他的腰，冬天的棉服底下，露出衬衫的白边。天色已经渐渐暗下来，很快就完全黑了，寒风把我从头吹到脚，直到看到那家书店的店主给店门挂上了一把大锁头，我才推着车离去。

没过多久，又是一天放学，我的脑袋和每天傍晚一样像一罐糨糊。太阳落山的时候通常是失眠者最痛苦的时段，夜晚就要来临，生物钟开始提醒我，战争又要开始了，紧张带来的心悸让我的注意力涣散，不知道自己正在干什么，又将要干什么去。校门口聚集了很多人，几辆摩托车把一辆自行车团团围住，我一眼认出那个男孩子，冬天里只穿了一件长衫，腿上的牛仔裤有几个大洞，露出一部分黄色的腿，只是长头发没有那天打理得整齐。他站在地上，而其他几个人坐在各自摩托车的后座上，有一个人抽着烟，事不关己地把烟在手指之间滚来滚去，好像在弹一架透明的钢琴。我推着车走过去，发现围在中间的自行车上坐着艾小男。她的车头被那个男孩子揪住，夕阳里她的眼睛好像两片映红的云彩。那人说：上车。她说：我自己有车。那人说：车放学校，我送你回去。她说：不用你送，我自己有车，你聋了？黄师傅从收发室里伸出脑袋，那副手铐应该就在他的腰上，这时候正和腰带摩擦，发出窸窣的响声，他看了看几辆硕大的摩托车，把头拿回去，然后把窗户关上了。那人往艾小男靠近了半步说：为什么突然不用我送了？她说：不想让你送了，还用问？那人说：明天呢？她说：明天和今天一样。那人说：你什么意思？我做错了什么？她说：没什么意思，就是不想让你送，你这人真是有意思，一句话偏得让我说两遍。我看到那人的胳膊在用力，好像要把她的车把卸下来，放在后座上送走。他突然踢了旁边一个看热闹的学生一脚说：滚蛋，看你妈逼。那学生赶紧爬起来跑掉，我认识他，他的成绩很好，可我一直不知道他能跑这么快。那人一把抓住艾小男的胳膊说：给我上车。艾小男把他的手甩开，叫：你以为你是我爸呢！那人说：不是，你先上车，咱们换个地方说话，别让这帮哥们白来。她说：也不是我叫他们来的，你弄这么一帮人，是怕你一个人打不过我还是怎么的？你把手松开。他说：不是，我在这儿，谁敢打你？我松开你就跑了，给我个面子。她说：狗屁！你不松手是不是？这辆自行车送给你，我回家跟我爸说，今天放学有人抢劫。说完把手一松，大步向我的方向走过来，那人赶紧放开自行车，自行车像死尸一样栽倒在地，发出刺耳的回响。他跑起一步，抓住艾小男的手。从我看见他扣住艾小男的自行车开始，对这人的愤怒把我涣散的注意力集中起来，我看着他的脸，想着如果把我枕头底下那把剪子刺进去是什么样子，血一定会溅到我的身上，艾小男会尖叫起来吗，她会哭吗，会扑在他的身上嚎啕大哭还是会拉着我一起跑掉？在他拉住艾小男的手的刹那，愤怒从我的七窍里喷出来，我走过去，什么也没说，一拳打在他的脸上。这一拳轻得出乎我的意料，那人的脸上扭曲起来，不是因为疼痛，而是因为惊讶。他松开了艾小男的手，揪住了我的头发，把我按在地上，我勾起脚来乱踢，可是踢出去的脚什么也没有碰到，反倒累得我气喘吁吁。我的眼睛只能看见土黄的地面，和几只皮鞋向我跑过来，发出嗒嗒的响声，然后落在我的脸上和肚子上。我的眼前一片漆黑，脑袋停止了思考，好像掉入了一条冰冷的河里，只有一个念头还在固执地挽留我，使我没有晕过去：艾小男她跑了吗？他们又忙碌了一会，这个念头终于飘散了，我沉入了河底。

等我睁开眼睛的时候，路灯已经亮了起来，温暖的颜色让我打起了寒战。艾小男蹲在我身边，我发觉自己的眼睛忽然变小了，只能从一条窄缝里看见她的脸，从旁边伸出来一只手，把我拉起来，一个声音说：走一走，迷糊吗？我走了两步，除了感觉眼睛变小，脑袋变大，浑身疼痛之外，没什么让我不能承受的损伤，我在心里默诵了一遍白天学的《藤野先生》，还记得住。那只手帮我拍了拍身上的土，说：马子本来想把你打废了。我努力把身子转向他，他是那个坐在摩托车上玩烟的人。这时我发现他特别眼熟，就像是我的父母一样熟悉，可又像是父母的结婚照一样，无法一时间把他认出。他说：下回记住，第一拳要往眼睛上打。然后骑上摩托车，突突地开走了。艾小男从后面走过来，说：李默……我说：我的自行车呢？她帮我把自行车扶了起来，我骑上去，屁股好像要裂出四瓣，可我还是咬着牙，没有看她一眼，挣脱她扶在车把上的手，往家的方向骑起来。在我走进家门的时候，我妈叫起来：你跑哪去了？儿子，你的脸怎么了？我忽然明白了，那个玩烟的人，是我小时候那个，喜欢玩猫，喜欢推着木板车，看我人仰马翻的小木匠。

那天晚上，我索性没有撒谎，因为撒什么慌也不可能自圆其说，我只是一言不发，忍着疼，让我妈给我擦上碘酒，然后躺在床上，马上便睡死过去，带血的衣服还穿在身上。

第二天走进教室，艾小男正在看着我，好像她一直在想我会什么时候走进来，或者，以何种方式走进来。我努力让自己的双腿踏着寻常的脚步，装作什么也没有发生，步入自己的座位。王黎雪说：咦，你脸怎么花了？说完笑起来，我知道我的脸一定像个烂茄子。她说：谁把你打成这样？我说：谁敢打我？我自己摔的。她说：骗谁啊？你眼睛那圈绝对是拳头印儿，我认识，我妈打我的时候，我眼睛也那样。我说：你不知道，你要是会摔，也能摔成这样。她说：那你头发怎么也掉了一撮儿？我说：晚上学习累的，你没听说过头悬梁锥刺股啊。她往我腿上看看，膝盖上两大片碘酒，她点点头：你对自己真够狠的。我说：这还算轻的，大腿上还有自己扎的眼儿呢，你看看不？说着我把手放在裤腰带上，她拧了我一把：谁稀得看你大腿？我说：你就想看刘一达的大腿。她更用力地拧了我一把，眼睛里却有些欢喜。那时候她每天都要和我感叹几遍：刘一达太优秀了。

四十五分钟之后，体育课来了。我忍着疼，跑去踢足球，心里一直在想如果艾小男抓住一个远离人群的空隙，找到我，问我，谢我，她的眼睛就在我的眼前，看着我，好像在心疼我，像昨天晚上一样，我该如何是好。我感觉到我的爱好像只属于我自己，就算是我爱的人也别想和我分享。这把我吓坏了，我开始怀疑自己是不是爱她，还是仅仅是把她打造成这几年黑暗之路的虚幻光亮，她的美一定要遥远才好，若是她走近，不是这种光亮太过耀眼，而是我怕自己从这光亮中间直视过去，看到一个平凡的肉身。一旦这唯一的幻景消弭，我该靠什么坚持过我无望的人生。而那张我写好的贺卡，我忽然觉得失去了意义，也许那张东西我是写给自己的，我只是要去喜欢一个人，让自己觉得有些希望而已。正想着，我的脚遇到了那块石头，我的头掉进两腿之间，腿断了。

当我每天盯着自己打着石膏的腿、远离的艾小男和我对于她走过来的担心，我发现虽然每天在教室里的时光痛苦得如请君入瓮后的烧煮，可转眼已经过了两年半，我也才意识到自己已经十五岁了，在古代，应该束发而冠，学着像个大人似的思考生活，踏上修身齐家治国平天下的君子之路。

古人虽只需习得四书五经，没有英语物理化学之类的旁门，可也一不留神也要挨板子。课本上鲁迅的《从百草园到三味书屋》写得明白，那时候起，私塾先生就不是什么好东西，挖个桑葚也要把你的手打得提不起柔软的毛笔。之后也有个科举一样的全国考试，有些人考到头发白了，还没有功名，就像孔乙己一样，穿着脏兮兮的长衫去窃书，这一身的学问压得他无处排解，只能找个跑堂的，教人家写四种茴香的茴字。那时我不知道外国人在十五岁的时候都在怎么活，我相信全世界的孩子在这般时候都要遭这般罪。这是怎样的一个世界？难道就没人去告诉那些大人，你们这帮人正在年复一年地联手毁灭一茬又一茬孩子的童年？等我老了，我该怎么向我的儿子讲起我的童年？我说，你爸什么也没干，不认识哪怕一棵奇怪一点植物，不知道一只母猫怎么去哺育她的小崽儿，不知道春天树林里的风是什么味道，不知道土豆是长在树上还是生在地里。是不是等到那天，没有什么可讲，只能告诉我的儿子茴香的茴字有四种写法，而这四种写法正是我的初中一篇据称是声讨吃人的封建礼教的檄文里学的？老师们常讲，你们身在福中不知福，多少农村的孩子想念书却念不了，多少农村的孩子要自己搬着板凳上学，还要时刻担心土坯的教室会倒掉，多少农村的学校全校只有一本书，锁在老师的抽屉里，每天拿出来抄一点，哪个学生要摸过这本书，马上会成为同学之间的明星。可我一直搞不明白，为什么世界上一定要有两种完全不一样的童年？一种是知道所有草木的名字，知道公牛的犄角和母牛的犄角有什么不同，可却不能去念哪怕一天的书，或者即使历尽千辛万苦坐在教室里，不一定哪一天因为一场大风或交不上几块钱的学费，就要回家继续去温习关于草木和母牛的知识；另一种被逼着放弃这个参差多态的大千世界，每天被关在装着铁丝网和监视器的校园里，教室牢不可破，人生的意义就是无休止地和冷冰冰的书本周旋，而且不知道到哪天算是完结的一天。为什么我们都是一样的十几岁的孩子，都长着一个脑袋，两只手，两只脚，可一种一定要把脑袋累得要烧掉，手和脚的用处只是写卷子和走到教室和考场，另一种却要四肢不停地劳作，脑袋荒废得要长出杂草，我们为什么就不能有一种折中的生活，全身上下都用上一用，然后才知道最适合用哪个？我知道我的想法一定有错，因为我从没向人说起，所以我不知道错在哪里，可错误是一定的，因为老师说，我们老师都从你们那时候过来的，你们想的我都想过。既然他们想过，而又看起来像没想过一样，那一定是后来他们发现自己错了，我这么小，世界如此大，有多少事情我不知道？大家这么相安无事地活了上千年，肯定有道理，世界的神秘感就是我错误的佐证：一定有你不知道的事情，会证明这样的生活是正确的。

那一天，高杰门底下塞进了那张除了留作把柄，别无用处的贺卡之后，再也没有出现。爸妈上班之后，房间一片寂静。电视就摆在我的眼前，我不敢看。我爸中午回来吃饭的时候，要摸摸电视是不是热的。他们要我举着腿温书，既然上不了课，就要花比别人更多的时间在自学上。我就躺在床上的书堆里发呆，每天的二十四小时变得十分相似，我不一定会在什么时候睡去，会在什么时候醒来发呆，夜里醒来，除了一片漆黑，和白天没有任何差别，只是会吵一些，因为我爸在打呼噜。我的脑袋里每天经过各种各样的念头，有时我会跳出自己之外，想这个人正在想什么，他的脑袋里正在出现的声音是属于谁的，这些念头正在用谁的嗓音说话。每当这个时候我都感觉自己要疯了，因为思维正在思考它自己，这是多么诡异的事情。而人为什么活着，我应该怎样活着的问题一直在纠缠我，没一会就从脑海深处钻出来，问我要答案。终于有一天，我摸出枕头底下的剪子，撕下一张草纸，细细地剪碎，那张纸发出清脆的断裂声，尸体像雪瓣一样落在我的肚子上。这把剪子锋利无比，上面写着"王麻子"三个字，造这把剪子的人的名字现在变成了这把剪子的名字。我心里安静下来，死亡的诱惑离我远去，政治课教会我们，马克思主义相信人只能活一次，只有愚昧的人才会相信有来生，那是对今生苦恼的消极对抗。既然我和所有人一样，只能有一次活头，我又着什么急呢？就在这张床上枯坐的日子里，我发现我所有的痛苦都来自于我的内心，我从没有因为东北好像要撕碎我脸颊的严寒痛苦，从来没有因为每天晚上只吃没有一块肉的白菜汤痛苦，从来没有冬天上学要穿着我妈难看的缝着补丁的红色大衣痛苦，我所有的痛苦都是因为我觉得我的心灵在饱受折磨。这件事不是最容易解决的事情吗？只要让这玩意不再能感受到折磨就好。我下定决心，从此不再自作聪明地去思考，做一个和别人一样的人，老师说什么，我认真听，不要去找她的破绽，学校让我做什么，我就做，不要想做这些到底有什么意义，爸妈说什么，就点头，揍我，就喊疼。学会用最脏的话骂人，学会欺负班级里所有人都去欺负的弱者，不要有无谓的坚持，和有百害而无一利的自尊，只要能带给我好处的事，我就去做。今生就做一个无赖吧，跟着大伙一起走向未知的幽谷里，如果有一天碰巧发达，就享受，让所有人都知道；如果一辈子平庸，就认命，反正在我十五岁的时候，就已经是一个平庸的人，只不过多平庸了几十年，我一点也不吃亏，可以心满意足地死掉。而关于艾小男，我不应该爱她，就算是虚幻的爱也不应该存在，因为一旦心里有关切，就会痛苦，她和我非亲非故，不能带给我任何好处，到现在为止，她带给我的，只有毫无意义的思念，幻灭，和一顿结结实实的胖揍，我关心她干吗？想清楚之后，我把肚子上的碎纸一点点拾起来，爬过去扔进垃圾筐，把剪子放回我妈的针线篮里，然后爬回床上，钻进棉被，拿起来一本英语书读了读，很快睡着了。

　　之后我的睡眠变得非常好，每天大部分时间都在酣睡里度过，好像要把过去丢失的睡眠睡回来。当那天下午敲门声响起的时候，我没有做梦，在我重新找到自己的意识的时候，敲门声不知道已经响了多久。它轻柔得好像是一场小雨落在了门上，但是一直没有停止，好像下雨的云彩一直飘在门前。高杰还是回来了。我喊道：来了。我爬过去，坐在地上拧开门锁，看见艾小男站在门外。她说：你家有人吗？我说：就我自己。她如释重负，说：我能进来吗？我说：请进。我发现她没有动，因为我挡在门前，我试着用一条腿站起来，她的手扶住了我的胳膊，把它牵过她的脖子，搭在她远端的肩膀上。我闻到她发梢的香味儿，那是我从来没有在任何人身上闻到的气味，干净而遥远，好像她刚刚从雨后的土地里长出来，有着泥土和水珠的清香。她把我放在床上，我觉得我的手脚的位置都不对，那条断腿更是显得突兀，放在哪里都不能隐藏我的窘迫。她独自在我房间里走了走，脱下外套，露出白衬衫，她指着墙上说：那一块怎么那么白？我说：那原来有一张地图。她说：你床上怎么这么乱？我感到自己的脸在升温，说：就是书多。她说：那也得摆好。说完把我的书一本本摞在床靠墙的一边。看她在我身上优雅地爬过来爬过去，我有那么一瞬间想把她抱住，就算之后她杀了我也好。她收拾完了，说：我可以坐这儿吗？原来她是为自己收拾座位。我说：请坐。她坐在我身边，我向里面挪了挪，发现我的床真的太小。她说：腿疼吗？我说：不疼，开始刺挠了。她说：那就是快好了。我说：长歪了也刺挠。她咯咯笑起来，说：以前没发现，你说话还挺逗的。我感觉自在了很多，说：我也没发现，你胆儿还挺大的。她说：我怎么胆儿大了？我说：万一我爸妈在家怎么办？她说：我都想好了，我就说我是来给你送贺卡的，圣诞节了，同学互相写贺卡，让我一起给你带来。我说：那他俩要是问，怎么不是霍家麟、刘一达或者高杰送来，偏偏是你，怎么办？她说：我就说他们几个不过圣诞节。我笑了，说：我妈可知道刘一达他妈是个基督徒。她说：基督徒不写贺卡，都去教堂忏悔。我哈哈大笑说：你不但胆子大，还挺机灵的。她说：我优点可多了，以后你就知道了。"以后"这两个字像一束电流穿过我的身体。她忽然说：你为什么打他？我说：他太欺负人了，你是一个小姑娘。她说：就是因为这个？我说：我以为我能打过他。她又笑了说：抽烟那个人认识你？我说：是我小时候的朋友。她说：要不是他拉着，你至少是个骨折。我说：他白拉了，我还是骨折了。我不知道今天怎么突然妙语连珠。她站起来，突然义正词严地问我：你之前，是不是老偷看我？我说：我没有。她说：别骗人了，我知道你老偷看我。我说：那就是你老偷看我，要不怎么会知道我看你。她说：我才没看你，女孩儿不用看，就感觉到别人的眼睛。我说：你感觉错了，我看别人呢，你正好在这条线上。她说：帮我整理桌膛的人，是你吧？我说：你今天是来看我，还是来审我的？她坐下，说：最后一个问题。她向我转过脸来，我们的鼻子相距只有两个厘米左右，她说：你喜欢我吗？我的心里一瞬间涌出千百种答案，"喜欢""不喜欢""不知道""不是喜欢，是爱""不是喜欢，是欣赏""让我想想""你能再说一遍吗""我爸快回来了""还有半年就毕业了，这个问题有意义吗""我们还是好好学习才对"，然后又涌出了武恺，骑摩托车的结实的少年，涌出了历史老师和《马关条约》，涌出了孙老师鄙夷的眼神，涌出了我妈的红色外套，涌出了我爸的裤腰带，最后涌出了她对付武恺和那个男孩儿决绝而冷酷的嘴角。我说：再过十年吧。她说：什么？我说：再过十年我再告诉你。她说：你说什么呢呀？我说：现在时间不对。她说：什么不对，我就问你现在喜欢不喜欢。我说：现在没有喜欢也没有不喜欢。时间不对。她说：你说的时间不对，是因为快中考了吗？我说：和中考没关系，就是时间不对。她的眼泪像是一块冰在眼眶里融化了，两条小溪弯弯曲曲地流在脸颊上。我想：你不要哭，其实你不知道我，有好多事情你不知道。我什么也没说，抬手看了看手腕上的电子表。她霍地站起来，说：你是撵我走了吗？我说：没有，再坐一会也行。她用手背抹了一把眼睛说：你是不是觉得我是个坏女孩儿？我说：你是一个，特别好的女孩儿。也许是我的声音太过发自内心，她不哭了，说：我漂亮吗？我说：这是最后一个问题吗？她勉强笑了一下说：以后你想让我问，我也不会问了。又是"以后"两个字。我说：漂亮。她说：我妈说我一点也不好看，是个丑八怪。说完她把外套穿上，说：我就是要证明给她看，有人喜欢我，男孩儿都喜欢我。我说：你妈是想让你认认真真学习。她说：你不知道，我的心里有个大洞，怎么填也填不

满。我想问：你谈这么乱七八糟的恋爱，到底是证明给你妈
看，还是你的本性里有这么一个大洞？可我知道这话一出口
就难以收拾。我从床上爬下来，说：我爸快下班了。她急匆
匆地走起来，落荒而逃一样，到了门口却怎么也拧不开门
锁。我跳过去，帮她把门打开，她像一支箭冲出去，跑下楼
梯，等到什么也听不见，我把门关上，躺倒在地。

　　我那天的日记写着：1999 年 12 月 27 日，天气：晴。
她来看我，她的光芒消失了，可我真正地爱上了她。就算我
以后一直都是一个无赖，我还是要爱她。这是我唯一无法做
到的事情。

　　我和她在日后不断地回忆着那天的细节，每一句话，
每一个动作，每一个眼神，我才发现原来那天不但在我的记
忆里一直保持着栩栩如生的本来面目，就像是冻在冰山里的
猛犸象一样。在她的记忆里同样毫发毕现，没有一个细节褪
去颜色。我的理由当然是从那天开始我爱上一个有血有肉的
人，不再是一个幻想，并且一直爱了好多年。她的理由则是
在此之前从来没有人拒绝过她，也从来没有人给一句答案加
上十年的日期，这句话虽然严重伤害了她的自尊心，同时也
让她觉得，似乎感情这东西突然旷远起来，不再是眼前的小
情小爱，即使她不相信十年之后会如何。而且她也从来没有
向人说起母亲对于她的影响，更没有说起她是一个内心里对
男人的爱贪得无厌的人，因为一句出乎意料的拒绝，她情
急之下冒出来两句之前她自己都没有意识到的灵魂之声。在

我们重逢之后我逐渐知道，她的父亲是一个推销员，她的母亲一生都待在家里，做一个并不成功的男人的全职太太，她生命的全部价值都依附在艾小男身上，而她实现这种价值的方式十分奇特，就是不断用言语和行动去贬低艾小男的价值，她的美貌给予她母亲的不是自豪而是恐惧感，她担心她的样貌会毁了她唯一的出路：学业。那时她的母亲还不知道我们长大之后的世界已经变了样子，一个美貌的女人可以不认字，只要善于贩卖自己，把自己的身体交与男人的股掌之中，男人的其他东西就尽在股掌。但是人的可怕之处就在于此，不管之前曾经在另一条路上花了多少工夫，只要发现一条快捷方式，就会义无反顾地走过去。

我问她，如果当时我不是那么胆怯，在她坐在我身边的时候，我伸出胳膊抱住她，或者在她为我收拾床上的书的时候，我伸出嘴唇吻她的额头，会怎样？是不是会是一个更值得铭记的下午？她说：才不是，如果那样的话，我会搧你一个耳光。从来没有人碰过我。我叹了口气说：原来你那时候只知道谈恋爱，而不知道男孩子是怎么想的。我是胆子太小了，你却是胆子太大了点。她沉吟了一会说：也许是吧。

在我拆掉石膏，用一粗一细的两条腿，蹬着自行车上学的时候，春天已经来了。这座城市里仅有的几株植物正在顽强地展出绿色的枝桠，有的还开出几朵小花，虽然它们的芬芳在城市甚嚣尘上的喧闹里几乎不会被人发现，可它们还是开了出来，不管是不是有人嗅到。

　　不出所料，艾小男不再和我说一句话，她决绝的嘴角又摆了出来，虽然缘由不同，我知道我也成了她打入另册的男生中的一个。没过多久，我便发现被打入另册的队伍比我想象的大得多。她不再和任何人说话，除了站起来回答问题，她每一天都沉默得好像一座雕塑。正在我怀疑我是不是有这么强大的作用的时候，王黎雪及时地给我讲了两个故事。第一个故事是：在我断腿的三个多月里，学校老师私下里开设的补习班变得猖獗起来。在之前的两年，孙老师偷偷摸摸断断续续地在自己的家里支起来一个摊子，弄几套学校的桌椅，挂上一块黑板，隋飞飞他们几个人每个周末都像是做贼一样溜进她的家，一堂课两个小时，收她们四十块钱，一个月一百六十块。那两年学校对于老师们的这种私下里打野食的行为是坚决制止的，学校领导觉得老师们干这种事就好像是一个拖拉机厂的工人私下里还去别的修理厂给人拧螺丝，就算不影响正常上班时的状态，但是至少让堂堂的国有企业颜面上有些难看，完全是尊严上过不去。等到了初三那年，这座城市里的每个人似乎都开始打野食，自从国企改制之后，大家突然发现任何看起来堂皇的组织都是靠不住的，只有钱最可靠。而且据说，柳校长也开始在补习班的收入里抽头了，这样学校和原来偷偷摸摸的老师们就坐上了一条船，而船底下的水就是我们这些学生。王黎雪告诉我，现在补课的价位是每周两次，每次一个半小时，三十块钱，一个月要二百四十块。而且要每周上完课就结账。这只是孙老师的英语课，孙老师还发挥了班主任的联络能力，把其他几门中考必考科目的老师也拉了进来。语文的孔老师，数学的张老师，化学的汤老师，物理的李老师，五个老师组成一个补课小分队，每周在孙老师家集结，课时由孙老师排定，从早上到晚。孙老师还很佛心地给了我们自由选择权，你可以选择补哪一科，不强迫你每一科都要上，但是她自己的英语课你是一定要上的，因为自从周末补课班名正言顺之后，她在学校讲课的时候，就会不小心忘掉很多重要的知识点，而这些知识点她在周末的时候会突然想起来。班级里的大部分人每周都会在孙老师家出现两次。王黎雪说，每当老师们站在孙老师家的小黑板前面的时候，都会变得特别和蔼，对大家一视同仁，可能是因为每个人交的钱都是一样的。而她已经三岁的儿子就在学生的腿旁边走来走去，向每个人伸手，说：哥哥，姐姐，橡皮，橡皮，香香的橡皮。

我后来知道，刘一达，霍家麟，和断腿的我，孙老师并没有发出邀请。刘一达是不需要，霍家麟虽然学籍还在，已经被开除回家，我是父母在卖煮苞米，她看我平常穿的衣服就知道她要的学费我无法负担得起，还早给我下了定论：此人扶不上墙。可艾小男竟然拒绝了她的邀请，这是她在班会上说的，说她苦口婆心地开导艾小男，你虽然是班级的倒数第一，可是不要放弃，只要每周补一补，还是有可能考上一所普通高中的。那时候我们这座城市里的高中分为：省实验中学，省重点高中，市重点高中，普通高中和流氓高中。

艾小男平时的所作所为，仅是随性而已，想要什么就伸手去拿，不喜欢了就抬手扔掉，当不起"流氓"两个字，可她的成绩已经足以把她送到任何一所流氓学校，然后变成一个货真价实的女流氓。她后来告诉我，当时她没有想到学费是不是合理，也没有想到周末补课是不是会耽误自己的恋爱，而且那时候男孩儿们都去补课了，周末谁还会有时间和她谈恋爱呢？她只是受不了孙老师的嘴脸，她的说法是：我就是不想她觉得自己是上帝。这件事情的后果就是第二个故事：于和美突然和她做起了朋友。她开始关心她，拉她一起逛文具店，陪她回家，还跟她讲别的女生的坏话，说别看隋飞飞看起来成绩好，活动又积极，其实上了初三之后就得了强迫症，她亲眼看见隋飞飞在女厕所里把手指头洗出血来，而且每次去老师办公室，出来的时候都要把门关三下，如果你注意看她的嘴，她在小声地数数呢：一、二、三。于和美还说她自己也差点得了这种病，这是因为每次考完试检查卷纸的时候，明明知道有些题不会错的，可如果还有时间，一定要再算几遍，时间久了，一件事不反复做上几遍就觉得一定会出问题。在她发现隋飞飞已经得病之后，就再也没有犯病了。艾小男从来没有女生的朋友，她虽然一直讨厌她，想到她差点像隋飞飞一样，每件事都要做三遍，她有点可怜她，就让她走了进来，偶尔也向她说说心事，过了一阵，觉得这样也好，女生毕竟比较贴心。她从我家里走出来之后没有几天，便又拉了一乙班的男生谈恋爱，我的拒绝对于她的唯一影响就是她更快地找到另一个崇拜者，恢复她曾在我的房间里被短暂挫败过的自尊心。

　　其实那时候我们学校里懵懂的爱情并不少，时至今日，先在108中做过同学，之后又做成了夫妻的，不在少数，就好像狱友出狱之后经常要结成团伙，人在共同经历过漫长的折磨之后，会有亲人般的情谊。可在遍布学校的监视器之下，从没有人能像艾小男这样频繁交友而又收放自如，除了个人魅力和滥情而又绝情的原因之外，还因为她有着超乎常人的反侦察能力，总能找到监视器的死角传出纸条或者看着对方的眼睛说上几句自己都不太能够完全理解的情话。那些曾经做过另一方的男生，即使被像陈旧的布娃娃一样扔掉，因为大多数人没有得到一个理由，她得以一直保持她的神秘感和对那些不甘心的男生的牵制，没有一个人愿意站出来当老师的污点证人。这让艾小男风流成性又没有一宗案底。转折点就在于我重回学校两个星期之前的一封情书。王黎雪跟我复述说，有一天孙老师走进教室，说：今天这节英语课暂停，我们来开一节紧急班会。这让很多人怀疑孙老师是不是准备以后在学校什么也不讲，把所有的知识点都留在周末。孙老师从兜里掏出一张纸，说：早恋问题是柳校长一直主抓的问题，我们班的一位女同学竟然在初二下学期这样关键的时候，还不知检点，和其他班的男同学勾勾搭搭，你们才多大，你们这帮小孩儿知道什么是搞对象？到了该搞的时候，谁也不会拦着你，现在搞，那就是人品问题。我们班的风气总体还是很正的，要不是我们班的班干部举报，我真不相信我们班会有这样的人。她把那张纸举了起来，说：艾小男，这是不是你写的？在孙老师讲话的时候，艾小男偷偷把手放进书包里，那封没有送出去的情书还在，那老师手里的是什么？她一时有些恍惚，难道自己写了两封情书，可她写情书从来不打草稿，一挥而就，那老师手里的到底是什么？等她被老师叫上讲台当面对质的时候，她发现老师手里的那封竟然是她书包里那封的复印件，她的名字就写在情书的下面，日期也清清楚楚。她记了大过，那封情书的复印件在黑板旁边用图钉挂了一个星期之后，送到了她妈的手上。她妈看见自己的担心成了现实，除了大哭一场之外，把她和她爸从晚上六点骂到半夜十二点，不断地重复着十几年来自己在这个家里受的委屈，中间喝了一暖壶的水。从那天下午开始，于和美从她生活里消失了，然后关于艾小男的秘密就开始传遍了整个学校，她曾经讲给她的心里话，现在成了学校里的口头禅。于和美也顶替隋飞飞成了班长，兼任劳动委员。

如果说之前的艾小男表面冰冷，而内心里需要别人来爱她，只要有爱，便可把她点燃，即使转瞬便熄，可那也是因为另一个火种已经紧接着燃起。我回到学校之后看到的艾小男则变得冰冷透骨，你从她身边走过，就会笼罩在绝望和反叛的场里，希望快走几步，赶快逃脱。

她在学校里面，又给自己建造了一间小监狱，而每天的劳役竟然是学习。

从那时包括我在内的所有人才知道，我们班里除了刘一达，还有一个足以与之媲美的考试天才。艾小男在初三开学之后的两个月的时间里开始逐个儿赶超那些每周泡在孙老师家里，希望能花钱买到一些决定自己命运的知识点的人。她的方式是上课时认真听，虽然那些老师已经成了她憎恨的人，可她记下他们说的每一句话。下课铃声响起，在其他人还在希望用这十五分钟的时间，算出哪怕是半道题的时间，她站起身来走向操场，坐下，看那些低年级的孩子在操场上疯跑，看见有人摔倒，她会笑起来，然后用手摸摸头发，想着自己的心事。晚自习之前，有四十五分钟的时间吃晚饭和小睡，她总是匆匆吃完盒饭，然后跑到操场旁边坐下，看校园后面的教师小区亮起一盏盏灯，好像是有人一笔一笔画上去的。那是低年级的老师们回家了。

一天艾小男站起来翻译一段英文阅读，她几乎是用诗的语言把这段英文故事娓娓道来，好像英语是她的母语，而她平时拒绝和人交谈的原因是她不会讲中文。在她把文章的最后一句：My friend, tomorrow is another day 译成：亲爱的朋友们，无论如何，明天都是崭新的一天，孙老师脱口而出说：翻译得太棒了。然后表情变得尴尬而沮丧，她说：坐下吧。她一定是心里清楚：艾小男的英语水平不但超越了我们，也超越了她自己。

在离中考还有两个月的时候，刘一达远走北京，最后一次模拟考试艾小男超过于和美和隋飞飞成为了我们班的第一名。成绩出来那天，我不出意料考得极差，是我三年来最差的成绩，我知道自己铁定会去一个普通高中了，那就是我未来三年消磨时光的地方。我不敢回家，我知道走进家门就会看见门口摆着苞米锅和我的婴儿车，还有我爸和我妈期待奇迹的眼神。我从走廊一头走到另一头，希望夜晚永远不要到来，如果有人忽然偷走这样一个夜晚该多好，我一转身太阳就出来，我的父母忘记了我晚上没有回家，也忘记这次模拟考试。如果上帝肯为我把这个夜晚从三百六十五天里抽走，我想我会马上变成一个虔诚的基督徒，一生赞美上帝。于和美是班里最后一个走的，她作为劳动委员负责关好窗门，我看见她嘴里数着：一、二、三、一、二、三、一、二、三，把教室的门关了九下。

　　中考来到那天，艾小男和我，一个遥遥领先，一个自甘落后，是班级里少有的没有压力的考生。前一晚我睡得很好，第二天我妈把我从床上摇醒的时候，我下意识地背起书包准备骑车上学，看见饭桌上一个油条和两个鸡蛋，才想起来今天是中考。这是从我小学的时候，我妈就养成的习惯，每当迎来重要考试的时候，她都要起早去买油条，然后煮两个鸡蛋，把它们放在一个盘子里，象征着100分。我一直想告诉她，数学，语文，英语这三门在上初中之后已经改成150分了，摆出100分的形状不是什么好兆头，可想到150分几乎无法摆出，除非把油条掰成"五"的样子，看见这么诡异的油条，我一定是吃不下的，就懒得开口，只当是一种属于她自己的仪式，和我无关。讽刺的是，我的考场排在省实验高中，走进这所每个初中生向往的圣殿，丝毫没有小学毕业时，走进108中考试的洒脱心情和对未来的衷心向往，取而代之的是无法逃避的厌倦。我只是想把这天赶快过完，在成绩出来之前每天睡到中午，成绩出来之后挨过我爸的右手和我妈的眼泪。然后走进一所充斥着和我一样的人的高中，再想办法怎么能和别人一样，把剩余的日子过完。省实验高中几乎没给我留下什么与众不同的印象，它几乎是108中的放大版，操场更大，围墙更高，教室更长，喇叭更响，甚至负责监考的省实验中学的老师都像是孙老师的姐姐，梳着更加一丝不苟的发型，脸上更加没有一丝笑意。我替艾小男担心起来，当她来到这所学校之后，将怎样度过她的高中时光，她的每一段恋爱是不是都会冒着极大的风险，她是不是会变得更加冰冷透骨，终于有一天变成一个不会恋爱，只会翻译英语文章的聪明的呆瓜？

也许，很多的明天并不是崭新的一天。

当我从考场里走出来的时候，看见很多人站在父母面前痛哭，像树叶一样抖动，也有人在眉飞色舞地讲述着自己把卷纸检查了多少遍，有几道题如果不小心，一定是会算错的，而他却躲过了所有的机关。阳光好像在火里淬过的刀子，扎在我的脸上。我看见照得白茫茫的马路牙子和马路中间川流而过的自行车，自行车看似杂乱无章地流淌着，其实是每三辆一组，两个大人，一个小孩，有的在热烈地交谈，有的一言不发，但都努力不被冲散，相互瞄着对方，向前骑去。我的父母没有来，这天是周末，卖苞米的生意最好，他们权衡了之后，还是选择了更实际的鼓励：为我多赚一天学费。我把自行车停在路边，看他们从我身边骑过，想象着他们都骑向一个什么样的家。等人们散去，我找到一个垃圾箱，把书包里的书一本本拿出来，撕下写着自己名字的扉页，然后通通倒进去，那一瞬间，我好像获得了短暂的自由和报复的快感。虽然用不了多久，又会有一些新书要塞进我的书包，可是现在这个时刻，谁也不能阻止我把它们倒进垃圾箱。

大学毕业那天，虽然我还没有找到工作，可是单单是求学生涯的结束已经足以让我获得和七年前把书本倒进垃圾箱一样的喜悦。在大学的几年里，我常常会想起我爸妈无可救药的固执，若不是中国的大学忽然开始合并，扩招，我这样的人根本不可能获得读大学的机会，可是当他们发现只要能够交上不菲的学费，我就能成为一个名正言顺的大学生的时候，他们义无反顾地再次拿出自己的全部积蓄，把我送了进去，使得我在二十四岁告别校园的时候，除了有着一本盖着钢印和写有校长潦草签名的毕业证，整个人空空如也，无头苍蝇一样降落在社会中间。在我躺在家里、没有工作的一年里，我发现自己除了擅长漫长的睡眠之外什么也不会做，连刷个碗都会看得我妈心惊胆战，生怕我一不小心被摔碎的碗片割破了动脉。他们俩为自己的固执付出了惨重的代价，就是辛辛苦苦十几年供出的大学生，还需要他们每天继续卖煮茶蛋来养。这一年的时光完全摧垮他们俩的精神，两个人迅速地衰老起来，有的时候当我一觉醒来，看见正把茶蛋锅搬上车的父亲，自己都不敢确定那个把裤腰带耍得呼呼生风的男人是不是他。他的头发已经掉得只剩下躺在头皮上软弱的几缕，大部分还已经白了。脸上长出很多斑点，皱纹让这些斑点看起来栩栩如生，好像刚刚睡过人的床单。颧骨高出来，显得眼睛很大，可是没有神采，泥塘一样污浊。茶蛋锅在他手里极其沉重，在他把它放在车之后，他喘了起来，然后推着车慢慢地走出去了。过了一阵，他连报纸也看不了了，因为眼睛花了，而又不舍得去配一副花镜，只好放弃了自己这个几乎是一生的爱好，开始和我妈一起看电视剧。

我终于在家附近的一个广告公司谋得了一个文职工作。工作证上写着：初级文员（文秘助理）。看起来蛮有书卷气，其实每天的工作只是接发传真。电话响起，我拿起话筒，那边说：给刘总发个传真。我说：好，我给你信号。然后按下一个方块的按钮，等电话里传出"叮"的一声，我放下电话，看着一张纸或者几张纸像舌头一样从传真机里吐出来。我用订书器把纸订好，然后用铅笔在第一张纸的空白处写上：给刘总。再送到刘总办公室外面每天穿裙子的秘书手里。这就是我每天的全部工作。最让人心烦不是每个月的薪水是1300块，当时房价已经涨到平均4000块一平，如果我每天一分钱不花，房子也一直不再涨价，我工作20年后能买下一套 80 平方米的房子；也不是这个工作完全不需要动脑筋，核心操作只需要一个指头按一下就可以完成，就算是一个食指能动的植物人也可以做，而是每天我听到的话只有一句：给刘总发个传真。这让我后来不断期待有人打错电话，无论他说他找的是谁，我都说我就是，然后和他聊上一会。可惜这个传真机的号码只是个分机号，需要从总机转过来，所以从来没有人打错。

　　我一直没有女朋友，这么多年一晃就走过来，也没觉得生活缺了什么。安娜之后，好像有些不同，看见有女孩儿迎面走过来，会有想看看她脱光衣服的冲动。大学毕业之前，出去睡过几次，都是别的院系的女孩儿，在学校的聊天室里认识，然后便忘记了，我根本无法在三天之后记起她们的样子。上班之后，认识了几个同事，大家一点也不要好，我发现他们不但瞧不起我，暗地里也互相瞧不起，不过没办法，每天坐在一个办公室里，一定要认识，然后相熟，渐渐成为生活里的一张时常会浮现于脑海的脸孔。大家开始一起抽烟，然后一起喝酒，最后便一起去洗澡。我第一次找的女孩儿特别瘦，我怕我一使劲她就要散了架，结果她十分结实，我折腾了半天，她好像才刚刚发觉我在干什么。射了一次之后，她问我要不要加钟，我说累了，改天吧。她说她可以想办法让我再硬，也可以戴着套子帮我舔出来，今天我是她第二个客人，生意特别不好，可能是因为她太瘦了，现在男人都喜欢胖的，干起来好像在肉上游泳。我想了想，说：

那就加一钟，我们聊聊。你别弄我，我明天要上班。她很高兴看了眼我的手牌，跑了出去，在门前挂的卡片上写上 +1。她说她进城之后，最开始是学剪头的，干了几个月觉得自己吃不了苦，老是给人洗头，扫地上的头发，帮客人挂衣服，每天工作 12 个小时，还什么也学不到。一个姐姐就介绍她到这个洗浴中心给人推油，推一次 200 块，什么也不损失，就是不能留长指甲。再后来，有客人问她能不能加钟，就是大活，她拒绝了几个，后来发现她的姐妹都偷偷地干大活，反正每天都是被胶皮插来插去，还是什么也不损失。她想了几天，再有人问，她就接了，没什么感觉，象征性地喊喊，只是最怕碰见酒鬼，使劲折腾她，怎么弄也出不来，她就得说色情的话，让他赶紧出来。她现在已经攒了六万块钱，再干半年就能交上一套小房子的首付了，她说她就想在这座城市有一套写着自己名字的房子，她的苦就算没白吃。她问我念过大学吗？我说念过。她说她最羡慕大学生，她弟弟要是能念书也让他念，可惜他弟弟不吃书，现在也进城学剪头了，她给拿了两年的学费，要不然现在她就已经住在她自己的房子里了。钟点马上要到的时候，她说，好长时间没说这么多话了。为了表示感激，她把我按住，给我舔了出来。

　　我把这个女孩儿讲给我的话讲给同事，他们告诉我，他们听了好多这样的故事，都是假的，这帮鸡就是贱，还非得装得像是苦菜花。你要是一心软，再加一个钟才好呢，讲故事也是口活的一种。我很惭愧，不是因为相信那个瘦女孩儿讲的话是假的，而是把这个故事转述给他们让我自己显得像个大傻逼。

2009年12月27日这天来到的时候，我没有一丝预感，挤在公交车里到了公司，坐在传真机旁边拿起报纸，上面说再过几天，新世纪的第一个十年就到了。我想有些人就爱算这些无谓的时间，哪个十年不是十年，谁也没比谁特殊到哪里去。电话响起来，话筒那边没有声音，我喂了几声，好像在和自己所在的房间说话，我冲着离我最近的同事说：传真机坏了为什么没有人告诉我？话筒里突然传出声音：你是李默吗？我说：我是。她说：我是艾小男。我的呼吸停滞，眼前的景物消失，只剩下自己的心跳和话筒那边的静默。她说：我问你个问题。我说：说吧。她说：你知道，为什么今天我给你打电话吗？我想了三秒钟，说：今天是十年整。十年前我说今天我回答你的问题。她好久没有说话，我也没有说话，我在想她是不是要突然挂断电话然后继续消失，就像曾经的十年一样，可就算如此，我也没有出声。她说：今天晚上六点，太原街万达广场底下的必胜客。然后电话挂断了，时间又流动起来。

我放下电话，敲开刘总的办公室，说：刘总，我肚子坏了，我要请假。刘总看了我一眼，好像是吓了一跳，他说：大冬天的，你怎么一脸的汗，赶紧回家吧，看你的脸色（shai），也许是痢疾。我说：谢谢刘总。我没有骗他，这是我初中时候落下的毛病，考试之前一定要上厕所大便，否则万一在考试中间要拉屎，就十分难办，老师会怀疑你是不是在厕所里藏了答案，就算恩准你去了，拉了一道题的时间也不合算。后来就变成每到紧张，肚子里就会突然出现一泼稀屎。我到厕所拉出来，然后去理了个发。理发师说我的头发太短，不需要剪，但是头发丝太硬，可以帮我做个软化，我说不用了，你帮我洗一下，然后稍微修一下就好。他又说：没问题，你的发质可以，应该经常打啫喱，我这里的啫喱质量特别好，有些客人不剪头，专程来买啫喱。我说不用了，你帮我洗一下，然后稍微修一下就好。他说没问题。摸了我的头发，他说，你可以焗一下，焗成黄的，好配衣服。我说：你给我来一瓶啫喱吧。回到家，我对着镜子看了半天，到洗手间把头上的啫喱洗去。拿出工资卡，把我所有的钱都取了出来，坐公共汽车到商场，买了一件黑色的羽绒服和一件白色的毛衫，如果再买裤子，晚上吃饭的钱就不够了，我想晚上我应该早点去，坐下，她就看不见我的裤子了。

　　晚上五点，我已经坐在必胜客里一个靠窗的位子上，喝着免费的柠檬水，盯着门口看。有那么几个瞬间，我想站起来跑掉，我实在没有什么值得她见的理由，十年过去了，我长高了十几厘米，胡子也长到了脸旁边，可还是像十年前一样可有可无。十年过去了，我们从未讲过一句话，包括在一个教室里的一年和失去联系的九年，她的第一句话要说什么，我该怎么回答，我想我一定会说错话，不停地说错话。她为什么想要见我？就因为我拒绝了她？她是一定要所有男

人都回答她，我喜欢你，喜欢得要死？就因为要征服所有

人，不存一个例外，她就等了十年？我想不出她让我在这里

等她的原因，但是我知道我不会跑掉，会等下去，我知道属

于我自己的坐在这里的原因。

　　挂在门口的铃铛轻轻一响，她走了进来。

　　我在她的脸上一下看到了十年的时光，她更加漂亮。

她的头发长了，披在肩上，发际下的眼睛不再像小时候那样

顾盼生情，而是变得更加直率，眼光所到之处都像是要那件

东西做朋友一样。她穿了一件灰色的大衣，一双黑色的高

跟鞋。我朝她挥了挥手，她向我点了下头，走了过来，坐

下，脱下大衣，露出黑色的高领衫，两只手缠绕在一起，摆

在桌上，两个腕子上戴着一只金镯子，一只黑色金属表带的

小腕表。她说：点东西了吗？我说：还没。她朝侍者扬手，

说：一份九寸的双拼披萨，一盘烤虾，两份美式咖啡。一份

小冰激凌。然后对我说：你还要什么吗？我说：够了。她又

扬手，侍者弯了弯腰走开了。她把面前的柠檬水拿在嘴边，

说：你一点也没变。我说：你说得对，我确实没什么长进。

她喝了口水，说：我是说你长得，上班之后人都胖，你还这

么瘦。我说：你漂亮多了。她说：我以前不漂亮，是吗？我

说：我是说你更漂亮了，漂亮这事儿是没有头的。她笑了，

说：你还是这么油嘴滑舌。我说：我也不知道怎么回事儿，

一看见你俏皮话就来了，可能是太紧张了。我确实紧张得厉

害，肚子里在胀气，裤腰带变紧了。我想偷偷地放一个闷

屁，可是那股气已经窜到了胃里。她说：初中同学你还和谁有联系？我说：只有霍家麟经常见，有时候周末一起踢球。她说：怪不得只有他知道你电话。我说：是，后来他念到高二就不念了，有的是时间。她说：别贫了，说说吧，这么多年你都干什么了？我说：那不得说到人家打烊？她说：挑重要的说。这十年的时间在我的脑海里隆隆而过，我说：初中毕业之后念高中，高中毕业之后念了个破大学，大学毕业在家里待了一年，现在给人家接发传真，干了一年，从来没出过错儿。她说：朋友呢？我说：霍家麟一个。她说：有女朋友吗？我说：没有过，我这点本事一下就让人家看破了。她说：什么意思？我说：谁能喜欢我这么一个一无是处的人呢？她说：那是她们不了解你。我说：了解我的话就更没戏了，你这十年呢？一定很有意思。她说：在省实验中学的时候，和初中一样，谈了几场恋爱，老师也和初中一样都不喜欢我。后来我考上了北大，他们把我的照片挂在教学楼的大厅里，我自己把照片摘了，你现在去看，光荣榜上我的那栏光有名字，没有照片。在大学的时候天天跳舞，开始挂科，补考的钱比学费都贵，但是我除了以前的芭蕾舞，又学会了华尔兹、拉丁舞和探戈。男朋友谈了十几个，什么样儿的都有，有一个是拳击手，眉毛老是肿的。大学毕业我去上海进了一家外企，挣不少钱，第一年年会上司和我跳舞，然后就说要给我买房子，他说他妻子那边能摆平。我就辞职了，在上海漂了一年，把攒的钱都花了，买衣服，买首饰，现在钱花得差不多了，所以，就回来让你请我吃顿饭。我说：为什么不再找个工作呢？她说：其实在上海的一年我也试了几个工作，有银行，有国企，都干了不到两个月就辞了。我说：上司都要给你买房子？她说：不是，就是觉得太欺负人，你知道吗？我看见那些工作了三四年的同事，也都是名校毕业，现在长得都一样了，腰都是弯的，每天除了喝酒，就是说假话。他们有时候喝多了告诉我：他们已经变成了他们最瞧不起的那种人，可是一点办法也没有。现在就需要你成为这种人。我不想和他们一样，不想等自己什么都不会了，只会卖弄风情混饭吃。我想按照自己的方式活着，和小时候一样。我说：那是什么方式？她说：我也不太清楚。她忽然垂下眼睛，看着自己杯子里的水，好像在看自己的倒影，说：我现在可迷茫了，你知道吗，迷茫，这么多年，我从来不知道什么叫迷茫，现在我知道了，特别难受，比以前我妈骂我还难受。我说：你想没想过，可能是你太，怎么说呢，太不能忍了？她说：凭什么要让我忍这些，念书的时候要忍受老师，家长，还有憋着坏心眼的同学，工作了要忍心术不正的领导，麻木不仁的同事，我不想忍了，我忍够了，我就不信凭自己，就没办法活下去。我说：你是个小姑娘啊。她说：小姑娘怎么了？小姑娘就一定要靠别人？我就要靠自己。她的语速快了起来，说：原来你和他们想的一样。我说：我不知道他们怎么想的，但是我和他们想的不一样。这句自相矛盾的辩白把她逗乐了，她说：从昨天开始，我就打电话。她说：我打给我所有的前男友，能找到电话的都打。我说：你是要借钱吗？她说：一边去，我就问他们一句话。我说：什么话？她说：在我把他们甩掉的时候，他们都说：无论什么时候我回去找他们，他们都愿意和我在一起，即使他们在谈恋爱或者结婚了，只要我去敲他们的门，我马上就变成女主角。不知道怎么搞的，他们都会说这句。我就打电话问他们：你们还在等我吗？我没有说话，等着她往下说。她顿了顿，看着我，温柔地笑着，像一个姐姐一样善良。她说：有三个是女人接的电话，问我是谁，我说你不用知道我是谁，知道我找谁就行，她们一定要我说出名字，我就挂掉了。有两个装作信号不好，喂了半天把电话挂了。有五个停机，他们换号码根本没有告诉我。有三个还好，说自己已经有女朋友，希望我以后不要打电话来。有两个，在别的城市，陪我聊了会，绕来绕去，最后说，让我去看他们，他们负责来回路费和房钱。我说：至少还有两个等着你。她说：你真傻，这两个只想和我上床，虽然比妓女贵点，可是过后可以和朋友吹嘘，说自己睡了那个自以为是的前女友，还会把细节讲给他们听。要是真等着我的人，会来看我的。我忽然想起来一个名字，我说：你打给武恺了吗？她说：我差点把他忘了，他说他下星期结婚，请我喝他的喜酒。我说：这人至少还把你当朋友。她说：他就是想多一份喜钱。哪个朋友十年不见，第一件事就是让你去参加婚礼的？我说：你就是太聪明了，所以才迷茫。她说：李默，我能喝点酒吗？我喊：

服务员。一个女孩儿拿着笔和菜牌走过来，我问：你这儿最贵的酒是什么？她愣了一下，翻开菜牌的最后一页说：金裕十年葡萄酒。我对艾小男说：除了这个，点什么都行。她双手捧住嘴大笑起来，趁这个工夫我对同样在笑的服务员说：就来这个，快去。艾小男想把她拦住的时候，她已经三步并作两步走远了。她说：李默，真用不着，你去告诉她，我们重点。我说：没事儿，这十年我们如果一直是朋友，我不一定要请你吃多少顿饭。你就让我今天一天都请回来吧。

　　在我们把这一瓶葡萄酒喝干之前，她已经醉了，不停讲她大学毕业晚会上跳的那支舞，最后一个动作她在舞台上凌空跃起，摔倒在地，然后死去。观众的掌声响起的时候，她已经哭了起来，她甚至于都没法站起来谢幕，她就这样倒在舞台上，哭着，看见大幕一点点拉起。她讲她爱过的每一个男孩儿，她竟然记得他们每一个人向她表白是在哪一天，她记得她和他们在一起的每一个细节，她后来直接称呼他们的小名儿，不管我是不是听得懂，好像他们已经来到她面前，坐在她身边，而不是我自己。我也醉了，彻底醉了，我看见她毫不掩饰的样子，眼泪淌出来，身体里最柔软的部分醒了，让我一阵阵打着激灵。她喝干杯子里最后一点酒，拼尽最后一点意识，问我：十年了，你可以告诉我，你是不是喜欢我了。我毫不犹豫地回答：我不知道我是不是一直在等你，可你是我唯一爱的人，唯一爱的人。没有人比我更爱你，一定不会有。

　　在服务员把我摇醒的时候，窗外已经一片漆黑，仔细看，飘起了淡淡的雪花，风吹着它们，一会密一会又好像根本没在下一样。她却怎么摇也不醒，嘴唇微微张着，似乎有些话没有说完。我结了账，把她扶起来，找到最近的一家便捷旅馆，用身份证开了一间标准间。把她放在床上之后，我跑到洗手间吐了起来。她的手机一直在响，上面是一个叫作李冬梅的名字，我看是一个女生的名字就放心地在地板上睡去。在我完全睡死之前，我想着：如果我的人生全部抹掉，只剩下这一天，我也算活过了。

　　后来我才知道，那个叫李冬梅的是她的妈妈。

　　在她第二天醒来，拉着我的手走出宾馆的时候，我还不敢相信，她已经是我的女朋友；在她把行李搬到我家住下的时候，我还不敢相信，她已经是我的女朋友；当她把头搁在我的胸口，头发盖在我肚子，睡得像个小孩子的时候，我还是不敢相信，她已经是我的女朋友。当我爸妈问起这个漂亮的女孩儿是从哪冒出来的时候，我讲不出所以然，只好说出她的名字，我爸妈想起来她就是那个初中时候叱咤风云的女子，现在竟然就睡在我家一翻身都会发出吱吱呀呀响声的破床上，在知道她毕业于北京大学之后，他俩甚至觉得我都陌生起来。我常问她，你是不是因为我一直傻乎乎地爱着你，才决定爱我。她摇摇头说：我也不知道为什么，这么多年经常会一个念头冒出来，那个叫李默的小子在做什么。也许我都不知道，我一直在等你。我相信她说的是真话，每次我吻她的嘴唇，她的脸都会涨得通红，紧紧把我抱住，好像这是最后一吻一样，好久都不愿意把嘴唇拿开。

一天她帮我收拾抽屉，发现了那本日记，要我打开给她看，我说钥匙丢了，她的眼睛马上弯起来，眼泪就在眼睛里打转。我把手伸进抽屉说：找到了，真巧，原来一直在这儿。她把我初中时候的日记一篇篇看过去，眼泪落在我的笔迹上，使几个字变得更大了。她把日记合上，放回原来的地方，把钥匙放在自己的袜子里。我说：你干什么？她说：我喜欢把最重要的东西放在袜子里，这样除非我的脚丢了，否则就永远也丢不了。她突然抱住我，好像要把我们俩抱成一个人，在我耳边说：谢谢你。你应该写些东西，你是会写东西的。我说：我什么也不会，我就会发传真，我没出过错。她说：相信我，你会写东西，你是我的大作家。我说：也许，我只会写你，别的都不会写。她说：那你就写我。她松开我，说：现在就写。我没有办法，我最怕她因为我落泪，便找出小时候的作文本放在床上，拿着我妈记账的铅笔，趴在上面。趴了一个小时之后，我写下题目：一生所爱。然后开始一个字一个字地写起来，世界在我身边退到角落里，脑袋里却像是升起一只火把，把回忆和幻想照得通亮。我写得越来越快，把作文本写完之后，我还有许多话没有说，就把作文本倒过来，在背面继续写。铅笔要秃了，我来不及把它削尖，就立起来写，在我写完最后一个字的时候，我发现天已经亮了，她早已经在我身边睡着。我把作文本和铅笔扔进抽屉，给她盖上被子，上班去了。

　　过了几个星期，一天我正在上班，电话响起，那边说：给刘总发个传真。我说：我给你信号。那边挂掉的时候，我想：这个声音怎么这么耳熟。我像以前一样，把传过来的一页页纸订好，向刘总的办公室走过去。在我离刘总的秘书还有三五米的时候，我发现这几张纸上的字好像有些奇怪，怎么像是我曾经说过的话。我停下来，读起来。原来是《一生所爱》，已经变成铅字，密密麻麻地发表在一个著名的杂志上。在最后一页纸下面的空白处，有一行手写的字：我就说，你是我的大作家。去辞职吧。

　　我就这么成了一个作家，一篇篇写起小说。我家里的书开始多起来，她老是趁我睡懒觉的时候，一本本买回来。鲁迅写得很好，但我没法喜欢他，念书时候他写的课文太多了。海明威是每个写作者的噩梦，没有人能跟他来几个回合，就像他说那个陀思妥耶夫斯基一样。写《百年孤独》那个人，我老记不住他的名字是马尔克斯还是马克尔斯，也是个狠角色，写出这样的书，应该就地死掉才完美。虽然后来我发现写小说挣的钱比接传真多不了多少，可我知道就算是写下去我要饿死，也要写的，只有写作的时候我才能喘气，那么多年我都不知道，原来我呼吸是为了干这个。

　　我终于不再是无赖了，我在活着。

　　过往的生活教会我的东西最重要的一件便是对于事情变坏的敏锐嗅觉，每当一件事情变好，我会怀疑是不是有什么坏东西正在悄无声息地靠近，好像有句话叫：上帝关上了一扇门，一定会为你打开一扇窗。这句话在我的脑海中变成：上帝为你打开一扇窗，一定会为你关上一扇门。我后来不断回想，当时的艾小男到底是哪一个，是初中那一个？不是的，她的长头发和轻易露出的笑容已经不复干净利落的水果气息。是在上海工作时，那个我所不知道有什么事情发生在她身上的神秘的艾小男？不是，她睡在我的身边，胳膊像是青藤一样搂着我的脖子。是后来决定嫁给那个人的那一个？不是的，她的吻和拥抱是我今生感受过的最真挚的眷恋。我不停地想要把她从众多的她认出来，终于我知道，只有一个艾小男，而我所爱的那个只是她一个明媚温存的侧脸。我不知道她是不是一度故意向我表演她的纯真，或者她来到我的身边，和我一起睡在靠在发霉的墙的破床上，只是想要在完全告别少女时代之前，再次享受稚气未脱但又纯粹得像是童年盛夏的阳光一样温暖的爱情。我真的知道得太少了。

当她开始毫无节制地买东西，裙子，高跟鞋，发卡，腰带，不断地有快递员敲开我家的房门送到她手上，当她开始不断地接起李冬梅的电话，从争吵变成悄无声息地发呆，当她一次次地回到家里，然后又一次比一次更久地回到我身边，当我问她她买东西的钱是哪来的，在上海漂泊的一年怎么会攒下这么多钱，每次回到家里又发生了什么事情，她不是摆出和初中一样拒绝交谈的嘴角就是找个别的理由和我大吵一架。当这些事情从无到有，从有到经常发生的时候，我知道一件特别坏的东西已经来了，而我无论怎么闪展腾挪也无法避开，它就像是初中时候让我摔断腿的那块石头一样，命运一般地等待着我。

在我操办完父亲的葬礼之后，她在我身边坐了好久，让我把头埋在她的长发里，把一直以来藏匿的眼泪通通倾泻出来。她什么也没说，只是用脸贴着我的额头，把我抱住。

两个星期之后，在我去探望霍家麟之后不久，她挎着包走出我的家，我还不知道这将是我这辈子最后一次见到她。她没有说要去哪里，只是说要出去转转，看看有什么好玩的东西，就买点回来给我。我说，我和你一起去吧。她说：不用了，你最近太累了，在家睡一觉，醒的时候我已经回来了。我便傻乎乎地回到床上睡去，梦见小时候我和一个小伙伴打架，我把那个孩子推倒，他摔破了膝盖。父亲去给人家父母道歉，蹲在地上想把那个孩子膝盖上的血擦干，孩子抬起一脚，踢在他的眼睛上。等我醒来的时候，已经是午夜，她还没有回来。我担心起来，拿起她买给我的手机，一个硕大的吵闹的山寨机。没有她的电话，只有一条短信，很长，被手机分割成了几段：

小时候，就在这个房间里，我对你说过，我心底有个大洞，装多少东西都装不满，现在我们长大了，我又遇见你，我以为只有一个你，就可以把这个洞堵住。我还是不行，我比那时候还坏，我不知不觉，已经和别人一样，变成了自己以前厌恶的那种人。

在你面前的我是最好的我，但是不是真正的我。我们在一起的时候，常常回忆初中的事情，那时候确实痛苦，你把那时候的痛苦当作一切的痛苦，我不想告诉你，和现在相比，那时候的痛苦太单纯。只有一个目标，成王败寇，付出就有收获，现在可不是这样，就算你付出很多，就算你对一个事情特别热爱和坚定，只要你是弱小的，纯粹的，天真的，生活还是会伤害你，毁灭你。

在这个世界上，没有人能像自己希望的那样去生活，如果你不把你的灵魂交出去，它就消灭你的肉体。我终于认清了这个道理，活着就是一种交易。

我不想骗你。我妈给我介绍了一个男孩儿，算命的说今年就应该结婚，否则会有坏事发生。亲爱的，爱情一生只有一次，好多人一次都没有，我觉得值了。我们的爱是唯一的爱，谁也夺不走，无论我们以后变成什么样的人，我们的爱都属于我们。

你要好好写作，好好照顾妈妈，好好生活，也许你曾经以为你已经和别人一样平庸了，其实不是，你是我见过最有天赋的人，你以为你已经放弃去思考了，其实你一直在观察和思考，从没有停止，你一定可以做些不凡的事，你的内心比你自己想象的强大，和我们不一样。如果有一天你也放弃了，千万不要让我知道。

我爱你，你是我唯一爱的人，唯一爱的人，保重。

　　我把电话打过去，响到忙音没有人接。我一直打到第二天天亮，每次都是听到忙音再挂掉重打，在太阳升起来的时候，她的手机关机了。我发现，在一起这么久，我从没问过她的家住在哪，我竟然真的一直把我的家当成了她的家。在之后的几个星期里，我联系了所有能联系到的初中同学，没有人知道她的家庭住址，大家都说初中毕业之后她就消失了，和我一样，不一样的是她还搬了家。有的顺便问我最近怎么样，有的还提到最近要同学聚会什么的，说出国的几个同学春节都应该回来，还有人试图告诉我曾经的同学都在做些什么，隋飞飞大学学医，毕业后花了二十万进了一家医院，于和美在银行做了一个柜员，安娜是我们同学里第一个结婚的，也是第一个离婚的，许可高中时候得了肾病，每天打激素，现在胖得出不了门，汪洋和汪海都进了市发改委，可是什么也不干，只是每天在计算机上合伙斗地主，还有高杰啊，吴迪啊，我没有时间听这些，控制不住自己生硬地挂掉电话，再试图寻找下一个线索。当所有能找到她的线索全部断掉，我就像是电影里逃跑的人，跑进一个偏僻的胡同，然后发现尽头是一堵无法翻越的高墙。潮水一样的悲伤在身后追上了我。

　　几个月的时间里，我停止了写作，大部分时间和妈妈在一起。我向她讲述我和她初中的故事，重逢的细节和离别之后的苦痛，妈妈握着我的手，倾听我的每一句话，那些我没有告诉她的事情她竟然全都知晓，她好像忘记了初中不许早恋，我曾经向她撒谎，拒绝和她沟通，摆出仇人一样的脸色。就好像我们一直是特别贴心的母子，从没有远离过。在我无法控制自己，因为思念脸憋得通红，疯了一样胡言乱语的时候，她摸摸我的头发，给我洗个苹果吃。那段时间我吃了无数个妈妈洗的苹果，吃下去之后果然平静许多，不知道是苹果还是妈妈的功效。父亲去世之后，妈妈把她和父亲的三十年前的结婚照找出来，放大，镶框，摆在床头。一天，当我看到妈妈用自己准备的小手帕轻轻地擦拭照片上的玻璃的时候，我才意识到自己是多么自私啊。她和我一样，失去了唯一的爱人。

　　2011 年 1 月 22 日的早晨，不知道从哪来了一股暖流，前一天寒风还冷得要把人的两片嘴唇冻在一处，这一天却吹起了似乎是春风一样的风，窗户缝里的冰松动了，我一推，窗户把冰块压碎，风吹进屋子，憋了一个冬天的污浊向窗外逃去。我把脑袋放在窗户外面，看路上的行人快步走着，比昨天快好多，有几个人好像要就着暖风跳起舞似的。妈妈在厨房给我准备早饭，我最爱喝的大米粥，还有西红柿炒鸡蛋。一想到这两样东西，我的肚子就叫起来。我想一会吃完粥，会下楼走走，好久没有下楼了，我想去书店买几本书，没有什么特别想买的，逛逛也许就有想买的了。晚上呢？晚上可以陪我妈去看看电影，楼下就有一个新开的电影院，从来没有进去过，我妈也许已经三十年没去电影院看过电影了吧。我妈前一阵收拾我爸的旧东西，有一本她送给我爸的

《大众电影》，1981年的，里面的每一个明星她都记得，张金玲啊，龚雪啊，张瑜啊，丛珊啊，我才知道原来她年轻的时候是个电影迷，还是个追星族。

手机响起来，是她的号码。我跌跌撞撞跑过去，接起来，喊道：你在哪里？在哪里？你跑到哪里去了？说完我发现我身上抖个不停。她沉默了一会，平静地说：我今天登记了。过几天，我就要跟着他去别的城市。我说：你忘了，没有人比我更爱你。她说：我知道，但是爱情只是婚姻的一部分，以后你就知道了。我平静下来说：再过十年，我们也许还会重逢。到时候我们还吃必胜客。她笑笑说：这个十年跟那个十年不一样。如果真有那么一天，你不要再把我灌醉了。我也笑了说：只要你不要酒喝就行。她说：那就2021年1月22号见吧，如果那个必胜客不在了，怎么办？我说：无论那个地方变成什么，我都会站在那等你。她说：拉钩。我说：拉钩。她不笑了，说：我放了一样东西在你书桌右面抽屉的最里面。再见了，李默。我说：好，再见了，艾小男。

放下电话，我拉开抽屉，在最里面找到一只干干净净的白袜子。

袜子里面有一把小小的钥匙。

尾
声

（一）

一段时间里，每当黑夜降临的时候，我都会想起很多人。我的亲人，曾经的同学，朋友，同事，我的爱人，还有我听说过而不认识的人，他们中有的已经死掉，烧掉，摆起来或者埋下去，我曾经发誓要记住他们的样子，他们的声音，他们的气味，可是就像是人生中的大部分时光一样，你越是想要达到你的愿望，上天越是捉弄你，让你离你的愿望越来越远，我越想记住他们，我就越在篡改关于他们的记忆，在脑海里把他们改得面目全非。我知道无论我多么努力，真实的活生生的他们已经不属于我，无论我以为我的记忆多么栩栩如生，他们都已经彻底地消亡，离我远去；他们中有的还在活着，用各种各样的方式在人世间行走，呼吸，说话，吃饭，做爱，睡觉，死亡离他们那么遥远，好像和他们这一生无关，可死亡其实已经潜伏在他们的灵魂，那些看似正常地规矩地理直气壮地生活着的人，在我看来，有些人已经疯了，有些人正在一点点死掉。按照别人要求的那样思考，谈论所有当下流行的话题，很快便掌握了网上新造的词汇，卖弄自己并不牢固的幸福，自以为是地与人辩论，虚张声势的愤怒，发自内心的卑微，一边吵闹着这是一个多么荒谬的世界，一边为这个荒谬的世界添砖加瓦，让它变得一天比一天荒谬。从我们走进学校那一天起，老师试图教给我们的最重要的道理就是听他们的话，他们告诉我们在哪里挖，我们就要一直挖，一定会挖出一眼泉水。到了我们快要三十岁的时候，我发现很多人还在挖，没有泉水的预兆，可很多人已经跌进自己挖的深坑里。

　　在我父亲去世的那个夜晚，我陪在他的床边，一边抽烟，一边看着他扭动着身体努力想要睡着。我问他：爸，哪疼？他摇摇头，继续扭动，好像这么扭动着，床就会移动，把他送回我们的家。午夜，当我拿着烟，昏昏欲睡的时候，我感到有人正在用手碰我跷起的小腿。我睁开眼睛，看见父亲的手指挣脱了夹在上面的监控夹，他的眼睛看着我，好像他从没有生病，只是睡了一个漫长的午觉，随时准备推着茶蛋锅出去挣钱。我问：爸，感觉好点了？他的声音比平常时都大一点，没有像过去五个月，因为无止无休的阵痛而颤抖，他说：儿子，喝水。我把他的床摇高，然后把杯子里的吸管放在他嘴里，他吸了一口，用力咽下。他感激地看着我，好像刚刚麻烦我做了一件极其费力的大事。他又看了看窗帘，我以为他的幻觉又来了，在他去世之前的一个月他经常以为窗台上有一只鸟，然后告诉我不要抓它，打开窗户把它放走就好。那天他已经没有幻觉，他说：儿子，你知道我和你妈是怎么认识的吗？我说：不知道，我把床摇下来吧。他摇头，说：我们是在一个班组。我比她早回城一年，她第一天来上班的时候，穿了一件白色的连衣裙，梳着马尾辫，不像现在这么胖，腰特别直。我就知道和我生活一辈子的人就是她了。他看了看我的烟盒，说：给爸拿支烟抽。我说：不行，没有商量。他说：我今天感觉特别好。我说：不行，那更得保持。他说：小兔崽子，我终于落到你手里了。我说：我是为你好。说完我发现这句话是我爸小时候常说给我的。他继续说：我追你妈的时候，主要是靠饭盒。那时候我们都带饭盒，你奶奶特别会做饭，最拿手的是油焖大虾，你妈就是老吃我的虾，后来和我谈朋友了。我笑了说：爸，你还有这手段。他也笑，说：这是我这辈子最成功的事了。下岗啊，卖苞米啊，卖茶蛋，我都没觉得苦，你妈在，我们三口人就是一个家。我有点难过，赶紧点了支烟。他说：你不知道啊，你们赶上了个好时候。念书苦是苦，爸也知道念书不容易，可我们那时候想念书都不能念，学工学农，上山下乡，没念过书，一辈子也就这样了。我点头，我好像一眼看见了他们的苦难。他的声音变小了说：小男这个女孩儿不错，我和你妈都挺喜欢。我笑了笑，有点害羞，他从来没有说出过他对艾小男的想法。他说：如果你们以后真在一起，就永远别分开，像我和你妈一样。我说：一定，爸，你歇会。他点点头说：我还有好多话要跟你说，今天说不动了，以后再说吧。我把床摇下来说：不着急，以后慢慢说。他躺在床上，用我几乎听不见的声音说，好像在说给他自己：我死了，别让她一个人过，我知道，她最怕孤独。然后闭上眼睛，好像是睡着了。

也许我永远不会原谅自己，当时没有给他一支烟。

三天之后，他被火化，装进一个匣子里，我挑了一个最沉的匣子，我也不知道自己出于什么缘故，谁能把这东西偷走呢？当我把他和他的灵位摆在火葬场准备的柜子里，我看了看他的邻居，都和他年纪相仿，心里稍微宽慰了一些。匣子上的照片是我妈挑的，他这一生没有工夫照相，只好把他参加工作时的一寸照洗出来，镶在里面。那时的他和我现在一般大，穿着蓝色的工作服，头发黝黑，笑着，露出洁白的牙齿，看起来对未来没有任何恐惧。

我把他小时候送我的电子表摘下来，这只表不知不觉已经跟了我十八年，换了无数的表带和电池，从来没有走错过一分一秒。我把它摆在柜子里，上面的时间是 12 点 06 分。

锁上柜子，出来拉着妈妈，我说：回家吧。

（二）

失去艾小男之后，我曾经骑着车在城市里漫无目的地瞎逛。我骑在快车道上，和每一辆汽车较量，它们把我远远

抛在身后。有一天，好像有什么力量指引我一样，我跟着一
辆汽车骑到了我小时候生活的城郊。我发现这里已经不是城
郊，完全变成了城市的一部分，原来的那些废弃的火车道，
杂乱无章的苞米地，每天生产大量噪音的煤厂，已经消失不
见，在我家原来的土地上，矗立着大片的商品房，超市，汽
车的 4S 店，和堆满钢筋和水泥的工地。原来我所生活的城
市已经变得这样大，吞噬了我所有童年记忆里的荒凉而又生
机勃勃的景观，我一直以来藏在心底的属于我的故乡连同关
于它的记忆，已经被巨大的推土机和铲车推倒，埋葬，我甚
至都来不及看它们最后一眼，就与它们告别了。我想也没
想，又骑到了我从没有回来的 108 中学。多年来我一直躲
着它，即使迫不得已来到它附近，我也尽量绕着它走，好像
再看它一眼，就要被抓进去继续读书一样。我的母校已经变
得我根本不认得，要不是门口的"108"三个数字，我甚至
怀疑自己是不是当真在这里度过了不堪的三年。操场变得比
原来还大，通通铺上了塑胶。那块让我断腿的石头一定已经
不在，被人扔出来校园。升旗台更加高得好像无法企及，我
相信任何站在上面的人都感到自己像迎风招展的旗子一样崇
高。教学楼已经变成了楼群，不再是原来仅有的两栋，图书
馆和体育馆在操场旁边出现，豪华得像是两座各有特色的洗
浴中心。门口停满了小汽车，如果不是有学生开车来上学，
就是老师们的财产，一辆一辆停在学校门边，好像这些车子
如果一同开动，就能把学校拉走。下课了，学生们从教室里

涌出，蔓延到操场上，我把自行车停在栅栏旁边，脸贴在栅栏上看他们都长什么样子，都在做些什么。令我意想不到的是，除了少数几个人在打篮球以外，球门之间的操场变成了聊天的场所，孩子们三五成群地站在塑胶上说话，时不时掏出手机摆弄几下，放回去，一会又掏出来。好多女孩子漂亮极了，校服里翻出彩色的领子，举手投足好像和我年纪相当，竟然有几分成年女子婀娜的风韵，男孩儿则要么极瘦，要么极胖，大都皮肤白皙，好像是昼伏夜出的飞禽。这座学校里唯一让我熟悉的，是他们的脸上有着和我们当初一样的表情。

忘了从什么时候起，我开始每天晚饭后都和妈妈说话，她喜欢讲和爸爸有关的故事还有身边人的故事，关于爸爸的故事她讲了很多遍，可每次讲都好像她突然间回忆起来一样。身边人的故事则经常更新，这一年她一点点地开始交朋友，认识了许多之前仅仅是抬头不见低头见的邻居。她告诉我邻居家的一个小孩儿今年上初中，有的家长给老师送了一辆车，她说她不信。她说这个小孩很笨，作业总也写不完，父母都是普通人，老师对他还不错，因为他爸爸在给老师家的小区看车库，给老师找了一个不花钱的车位，他爸爸一直想辞职，薪水实在太少了，可一直下不了决心，怕失去了这个给老师献殷勤的机会，他说都怪他家的孩子太老实了。讲完这些，她就换上我买给她的新的运动鞋，下楼和朋友们去公园遛弯了。她不喜欢我陪她去，她说我一在，她的朋友们就不愿意说话了。

当家里只剩下我一个人的时候，我就打开计算机，开始写小说。我写的小说开始被人注意。他们说在这座北方的城市里有个奇怪的作家，写了好多奇怪的短篇小说，他的小说总是一片黑暗，没有一丝光亮，人们在他的小说里死去，他好像无动于衷一样继续书写主人公死掉之后的世界。我的稿酬多了起来，一些刊物希望我把小说第一个拿给他们，出版社也找到我，希望我能写一部长篇小说，他们愿意出一笔钱，可他们提出一个小小的要求，希望我的长篇小说能有一个光明的结尾，他们仅仅要求这个。

就像小男期待的那样，我想了很久，终于在一个冬天的夜晚，也像是我坐在那个冬天的餐馆里期待她一样，我写下这部长篇小说的第一行字"小学毕业的时候，是 1997 年的夏天，和之后每一次毕业一样，炎热而干燥。"在这个时刻，我发现他们全都回到我的身边，无论身在哪个角落都要把球传给我，看着我吃各种颜色的冰激凌，搂着我的脖子，长发盖在我的肚子上。我以为已经远去的他们，我无法准确记起的他们，原来用他们的方式一直待在我身边，从没有把我丢下。

而小说的最后一行字，也就是那个光明的结尾也已经在我的脑海里。

我应该再也不会被打败了。

图书在版编目(CIP)数据

聋哑时代 / 双雪涛著 . —桂林:广西师范大学出版社,2020.4(2024.5 重印)

ISBN 978-7-5598-2632-9

Ⅰ . ①聋… Ⅱ . ①双… Ⅲ . ①长篇小说 – 中国 – 当代

Ⅳ . ① I247.5

中国版本图书馆 CIP 数据核字 (2020) 第 027208 号

广西师范大学出版社出版发行

广西桂林市五里店路9号 邮政编码:541004
网址:www.bbtpress.com

出 版 人:黄轩庄

全国新华书店经销

发行热线:010-64284815

山东韵杰文化科技有限公司

开本:850mm×1092mm 1/32

印张:7.75 字数:125千字

2020年4月第1版 2024年5月第6次印刷

定价:54.00元

如发现印装质量问题,影响阅读,请与出版社发行部门联系调换。